赤坂女将一代記

料亭政治外交秘話

青丘 旭

かまくら春秋社

赤坂女将一代記

料亭政治外交秘話

目次

本郷通りのデモ　7
野心　10
階段　16
自立　21
結託　27
アメリカの香り　34
ウォーターゲート　37
替え玉作戦　46
知らぬが仏　54
赤いラーク　62
決断　69
仏心　73
照江と君江　78

万引き騒ぎ 82
権力をしゃぶる女 91
もう一つの世界 100
傷痕 104
日下の世界と照江の世界 117
能楽堂 127
別荘の集まり 132
画家の最後 142
忍び寄る隙間 152
虚構の楽園 156
閉店通知 165

装幀／中村 聡

本郷通りのデモ

本郷の菓子屋に使いに出た帰り路、照江は、道を渡って、赤門の脇で、長いデモ隊の行列が通り過ぎるのを待った。

白いワイシャツ姿がほとんどだが、なかには、黒い学生服を着た者もいる。皆が水仙の花を手にしている。米帝粉砕、岸退陣、そして安保反対などのプラカードを掲げている者もいる。遠くで何か叫ぶ声がしたが、デモ隊は静かに、ゆっくりと行進している。

東大の学生さんたちだろうが、皆何を考えているのかしら――照江はじっとデモ隊を見ながら心中で呟いた。手に持った菓子折りが、知らず知らずのうちに揺れ、隣に立っていた若い男の上着をかすった。

「すみません」

「いや」

ふりむいた青年の表情はどこか苦しげだった。それがなぜか照江を駆り立てた。

「あのデモ隊は何をしてるんでしょうね。大学で勉強しなくて良いのでしょうか」

男はびっくりしたように眼を上げた。

「先日国会周辺のデモで死んだ樺美智子さんの追悼デモですよ」

そういえば、そんなことがあった。でも私には関係ない。照江はそう思ったが、次から次にゆっくりとした歩調でやってくる学生の行列を見ているうと何か言わないといけないような気持ちになった。

「デモで亡くなるなんてかわいそうですね」

「そうですね。でも時代の流れに逆らうことは無意味ですよ」

男は前を向いたまま、呟くように言った。薄手のジャンパー風の上着を着たその男は、照江には、学生ともサラリーマンとも見分けがつかなかった。

時代の流れなどという言葉を使われて、照江は何を言って良いのか分からず、行列に眼をこらし続けた。

あのうなだれた姿勢をして、水仙の花を持った青年たちは、皆、将来それなりに偉くなる人達じゃないか。いずれ大学教授か、大企業や役所の幹部になる人達……誰でも良い、あの人達の誰かと付き合うようになれたら、照江はふと思いをはせた。

一方、いきなり見知らぬ女、それも、料亭の仲居風の女に声をかけられて、男は、いままで心のうちに沸き上がっていた憤懣と不安を一時忘れた。しかし、デモ隊に眼を移すと、たちまち心が動揺するのを感じた。

いつもはノンポリを装っていた大学の同僚たちまで、女子学生が死んだからといって、安保反対デモに参加し、しおらしく水仙の花などを持って街頭行進するとは節操もないこと夥しい。そもそも今度の安保改定は、協定を少しでも平等のものにもってゆこうとするもので、いわば時代の流れではないか。それに逆らうのは歴史に逆らうことだ。そう信じながらも、周囲の友人がほとんどこぞって追悼デモに参加する姿を眼前に見ると、ひょっとして自分は間違っているのではないかという不安が大井の心を横切るのだった。

しかし、それだけに、自分は間違ってはいない。十年、二十年経てば自分の方が正しかったことが分かるはずだ。そう自分に言い聞かせる大井だった。

横に立つ青年のそんな思いを知る由もない照江は、デモ隊の列が切れたのを潮時とみて、赤門を離れて、勤め先の料亭浅田へ戻って行った。道々照江は、今日のデモに参加した学生が将来出世して出入りするような、超一流の料亭を切り盛りするようになりたい、否、そうしてみせる……そんな思いにまたとりつかれていた。

一方大井は、心中不安を覚えただけに、一層意固地に、いずれ、今安保反対デモをしているような奴らが間違っていたことを公言できるような立場になってやる、見ていろ、と心のなかで叫んでいた。

こうして、別々の思いを抱いた二人の男女を、時代の波は、実のところ同じ方向へ押し出そうとしていた。

野心

料亭浅田の仲居をしていたころの照江を知る者のうちで、同僚の仲居の君江は特別な存在だった。それは、君江が照江と同じく若いころから水商売の勤めをしていたからだけではなく、どこか照江の気性と気があったからだった。加えて、君江は、照江をひそかにいつも観察していたいような、奇妙な好奇心にとらわれていた。

それだけに、君江は、若いころの照江について他人に語ることは、一方で積極的だったが、また一方では、照江の行状についての観察を自分だけのものにしておきたいという思いに取り付かれ、口が重くなることも稀ではなかった。その君江が、ほとんど常に照江のことについて口さがないことまで遠慮なく話す相手は、画家の長谷川と役人の今井くらいだった。

「長谷川さん。テルはね、そんな女じゃありませんよ」

君江は、よく長谷川にそう言った。それは、若い美大の学生時代から照江と付き合って、テルとあだなをつけて呼んでいた長谷川が、君江をつかまえては、照江の行動について愚痴っぽい話をする時に必ずといってよいほど君江の口から出てくる台詞だった。

「テルは、三味線や小唄の稽古とこっちの絵の修行とを同じようなものと思っているようだ。

プロの美術家の芸も芸者の芸も所詮は同じ程度と思い込んでいる。だから、貧乏な美大の学生の俺との付き合いも、同僚同士の付き合いのように思っている。若い女が、画家や音楽家に抱くロマンのかけらもない。土台、俺の絵を見ても、いくらで売れるのかということしか言ったことがない」

長谷川は、君江を上野の安カフェに呼びだしてそんなことを言うのだった。

愚痴を言う長谷川に君江は、なんで照江を好きなのか、とよく聞いた。小柄で、あごが出た顔で、眼も生き生きとしてはいるがドングリを思わせるような鈍さが漂っており、乳房や腰回りにも別段魅力がありそうに見えない照江に、どうして美大生が惚れたのか……君江には分からなかった。

「あの、不思議なエネルギーですよ。話し方、眼の配り方、ちょっとした時に唇をなめる癖、そんな全てがどこかはちきれそうな、獲物をねらう雌ヒョウのようなところがたまらないんですよ」

長谷川は、そんなことを言うのが常だった。カフェでウェイトレスが注文を取り違えたことが切っ掛けで知り合った照江と長谷川は、会う時はいつも照江が勘定を払った。それが当然のような顔をしている長谷川のパトロンにでもなったような気持ちで、照江はこの画家に接していた。

だからであろう、照江と長谷川は、一時同棲に近い生活をしながら、しばしば口喧嘩をした。金に無頓着の長谷川に対して、時には金の亡者の如く振る舞う照江だった。それが、照江の誇りであり意地だった。

　お金の節約には頭も体も使う照江は、浅田の女将のところに時折おさらいにくる三味線の師匠の稽古となると、廊下の隅でこっそり女将の練習振りを聞き取り、口三味線で稽古し、古道具屋から二束三文で壊れかかった三味線を買い込んで練習した。

　そういう照江を、心の底では畏怖に近い思いで眺めていた長谷川は、持ち前の知的虚栄心から、表では、馬鹿にしたように振る舞った。そうした男の心底を本能的に見抜いていた照江は、世間知らずだの、分からず屋だのと長谷川を罵りながら、心中ひそかな優越心を抱いていた。

　照江の野心はそんなところにも顔をのぞかせていた。

　そして、照江が、自分の店を持つ女将になりたい、それも、一流のお客の来る店にしたいという野心を抱いていることを早くから見抜き、君江と同様、照江の行状にひとかたならぬ好奇心を抱いていた男に今井がいた。

　今井が、下町の料亭の客としては珍しい、中央官庁の幹部だったことが、照江を今井に引き付けた。

　浅草、上野近辺のロータリークラブのメンバーの席で、料亭浅田の客となった今井は、君江と世間話をしているうちに、君江が自分より年配ではあるものの、同僚呼ばわりしていた

照江に興味を持った。それは、ある時、君江が、

「テルは、中学校もろくに出ていないほど苦労したらしいのよ」

と言ったことも影響していた。地方の裕福な家庭出身で、世間でいうエリートの今井は、そんな照江が、いたって明るく開放的で、どこから見ても仲居という職業に徹している様子に、感嘆していた。

照江のしゃべりかたと不思議な明るさが、今井の勤める官庁街の、どこかとりすました空気から抜け出す清涼剤でもあった。

しかし、今井が照江を贔屓にするようになった理由は、君江も知らない、ある出来事によるものだった。

今井は共産圏諸国との貿易を担当する課長級の職にあった時、大手商社のダミー会社で北朝鮮との貿易に従事していた会社のN社長と浅田で会食した。

Nから現地の情報を聞くことが主目的だった。

「ピョンヤンの空港の検査は厳しいものですよ。それも入国時だけでなく、出国の時もですよ」

Nは、ずんぐりした顔に苦笑いを浮かべながら話をした。

「先月も、ピョンヤン空港から出国しようとすると、荷物を検査するというのですよ。別に北の文書を持って出るわけでもないのですが、ちょっとした古い磁器を買って持っていたの

ですよ。そうしたら、これは何かと悶着をつけられそうになったので、友人から在日朝鮮人へ託されたものだと説明しても、ぶつぶつ言って、輸出禁止品だとか言うのですよ」

給仕をしていた照江が、

「古いものは文化財とか何かで輸出禁止なんですか」

と口をはさんだ。

「そんなに古いものではないのに、ぶつぶつ言うのだよ。やりあっていると、そもそも、秤の上の荷物は重量制限を越えているというのだよ。そこでまたやりあいだ。こっちも考えて、朝鮮語で、偉大なる金日成主席万歳と叫んだら、OKがでたが、とにかくわけの分からないような官僚統制がすみずみまで行き届いている感じですよ。慣れてはいるものの、疲れますよ」

Nがそう言い、今井が苦笑いした時である。照江が、きっとなった声で言った。

「社長さん。荷物が重いことは分かっていたのでしょう。そうしたら、計量させないことですよ」

「そんなことはできないだろう」

今井が笑いながら照江を見つめると、照江は、

「このスーツケースのなかには、恐れ多くもキンニチセイ様からの贈り物の壺がある。その貴い壺を、こんな汚い秤の上にのせて計量するとは。偉大なる方に対して恐れ多いぞ——そ

う言えばよかったのではないですか」

と叫んだ。

今井もN社長も笑いこけた。

今井はその時、この女は高校も出ていないのに、実に機知に富む。それに、国際的知識も十分でないくせに、客の会話から北朝鮮の本質を本能的に把握している。仲居にしてはすごい女だ、と心中舌を巻いたのだった。

階段

浅田の客筋は、おおむね下町の問屋筋や大店の主人たちだった。それに、そうした旦那衆が彼らの客として呼ぶ警察関係者、地元の有力者や得意先などが浅田に出入りする人達だった。

玄関の角先に掛かる小さな松と左右の黒塀は、いかにも下町の料理屋らしさを滲ませていた。

板長は別格扱いだったが、その下で働き、仲居との連絡役も兼ねる信次は、福井の出だけあって、魚に加えて山菜の扱いが巧かったが、信次と小学校が同じことから浅田に来るようになった者に代議士の土屋がいた。

土屋は、福田内閣の時、総理官邸にしばしば出入りしており、警察庁の関係者にも親しい者がいた。そんなことも手伝って、警察関係者との懇談の後の二次会などで、時折浅田に顔を出した。そういう時は、夕食後のことであったから、浅田の方も心得ていて、女将の寝泊まりする部屋の隣の八畳間に一行を案内した。その時接待に出たのが、仲居の照江だった。

野球拳のゲームになって、かなり酔っ払っていた土屋は、照江に負け続け、上着を脱ぎ、ズボンを脱いでいった。

やがて土屋は、パンツ一枚になったところで、もうやめたと言い、せめて胸くらい触らせろと、照江の着物の首筋から手を入れた。襟が開いたその瞬間、土屋は、驚いたように身を引いた。

「すごい肌しているな。すべすべした、まるで……」

土屋が呟く。

「そうでしょ。私、何のとりえもないけど、肌はきれいと言われるの」

わざと少女のようなしなをつくった照江が、土屋に寄り添った。

それが、照江と土屋との付き合いの始まりとなった。

けれども、土屋と照江が、後に、小料理屋とはいえ、女将とパトロンの間の関係にまで発展するには、急な階段を上ることにも似た、ある出来事を経なければならなかった。

それは、奇妙なスパイ事件だった。

土屋は、官邸で参与のような地位にいた時、内閣調査室を担当していた。この組織は、国内の共産党や右翼などの動向をさぐる目的とともに、海外、とりわけ共産圏諸国の動静をさぐるために秘密調査員を幾つかの国に派遣していた。

その一つで、かなり機密性の高いものに、中国の原水爆の開発、製造状況についての情報収集があった。

土屋は、中国の原爆開発には、原爆実験が不可欠であり、それには、新疆省の状況を把握することが第一であるとの助言に基づいて、パキスタンに調査員を秘密裡に派遣することを決めた。それは、

「パキスタンには新疆省から、同じイスラムということで、国境を越えて恒常的に往来があり、しばしば行き来する人物を見つけて情報を提供させればよい」

といった意見が内々に土屋のところに伝えられたからだった。

一年ほどかけ、土屋は、ウルドゥ語も上手にこなし、かつ、誰とでも気安く付き合えるような人物を探しだした。

内田某というその中年男は、かつて東パキスタンのチタゴンで数年商売を営んだこともある人物で、親戚筋に昔の陸軍の参謀がいることもあって、「お国のためなら」と意気込んでくれるところがある人物だった。

土屋は、カラチの日本人商工会議所や、大使館関係者にも根回しを行い、その男を、カラチの日本人クラブのマネージャーにはめこむことに成功した。

「表向き、貴方はクラブのマネージャー。しかし、本当の仕事は、中共情報をとる秘密工作員というわけだ」

活動のための費用は別として、年間数百万円にのぼる報奨金を払う上、日本人クラブのなかに住居を用意する算段をした後、土屋は、あらためて内田某を浅田に呼んで、いわば正式

の秘密契約を結んだ。

赤ら顔に軽く汗をにじませながら、内田某は、

「パキスタン自体のことについてスパイするわけではないから、気が楽ですわ」

と言って、気安そうに引き受けた。

もとより、二人の密談は、余人を交えないもので、照江は知る由もなかった。ただ、目ざとい照江は、土屋と二人だけでひそひそ話をしていた客を玄関で送り迎えする役をやったため、内田某の顔はよく覚えていた。

一年ほど経ったある日、照江は、美容院で見た週刊誌の記事を見て驚いた。

「スパイ容疑でカラチ在住日本人逮捕。政府釈明へ」

見出しの横に掲げられた写真は、あの土屋の客の大写しの顔だった。

「スパイ……」

照江は、口のなかでそっと呟いた。

そして、数日後、土屋が浅田に現れ、照江がお茶を部屋に運んだ際、自分で買っておいた週刊誌を片手に、土屋に尋ねた。

「スパイというと、李香蘭とかマタ・ハリを思い出すのですが、いまでも日本人のスパイがいるのですね」

「李香蘭はスパイじゃないよ」

土屋が反論すると、照江はそれに構わず、言葉を継いだ。

「私、スパイにとても関心があるんですよ。だってスパイって、普段、自分が本当は誰か分からないようにしているわけでしょう。要するに、本当の自分と、もう一人の仮というか、別の自分がいつもいるわけですね。その時、どっちが、本当の自分なんでしょうか」

「面白いことをいうな、君は。ひょっとすると、君は浅田の仲居のほかに、別の商売があって、そっちが本業かもしれないな」

土屋も、冗談を飛ばした。

「お連れさま。見えました」

浅田の女将が土屋の客を連れてきたので、照江と土屋の会話はそこで終わった。

後から考えても土屋自身、不思議に思ったが、照江がスパイについて言ったことは、土屋の脳裏にいつまでも残った。

あの女、照江といったあの女は、どこかただ者ではないところがある。それこそ誰かが土屋の身辺をさぐりに使っているスパイみたいな存在なのではあるまいか——そんな、一見ありそうもない疑いが土屋の脳裏をかすめる程だった。しかしそれが、また、土屋をして、照江に一層近づかせる動機ともなった。そして照江にとって、土屋は、次の段階に上るための階段であり、同時に、階段を上るための手すりでもあった。

自立

土屋は、照江に会って、その話し振りや立ち居振る舞いを見るにつけ、客を引きつける不思議な魅力に引かれていた。

照江が美人でもなく性的魅力もなく、むしろ、昔の女中頭のような雰囲気を漂わせ、小料理屋の女将に相応しい庶民性を持っていることが、ことのほか土屋の気に入った。

週刊誌に女性スキャンダルなどと言われて掲載されるような、派手な、粋な女を土屋は決して身辺に置くつもりはもともとなかった。

「男と女の関係はないことにしよう。家内にもはっきり言ってある」

それが、照江と土屋の関係が深まるにつれて土屋が使う常套句となった。

そうした常套句を使うようになったのも、土屋の心中に自分の自由に使える店を持っておきたいとする気持ちが強くなり、その計画のなかにいつのまにか照江が入っていたからだった。

自分が自由に使える店……土屋がそう思ったのは、実は土屋が、自分自身でいられる場所をつくりたかったからだった。

郷里でも名だたる旧家の娘を貰い、政治家の路を歩んできた土屋は、いつもどこかで、虚勢を張るか、へりくだった姿勢を示すかであり、また、策略を弄しているかのようにわざわざ振る舞う時もあれば、豪放磊落にあけっぴろげに振る舞う時もあった。どちらの時も、土屋の心の奥底では、自分のどこかを偽っているという感覚が沈殿していた。

男女の関係もほどほど、金銭上の関係もほどほどのままで、しかしそれでも、こちらが好きなように振る舞える所が欲しかった。

ちょうど、赤坂の氷川神社の側の路地裏に、小さな料理屋があり、土屋が同郷の数人の友人と経済的に支援している店だったが、折からその店を任せていた女将に事情があって、郷里に帰ることになっていた。

照江にあの店をやらせたらどうだろうか。あの女とならら、ビジネスの上の付き合いと男女の付き合いをうまく混合して、しかも、さらっとしたかたちでできるのではないか……。

そう思った土屋は、ある日、照江を、赤坂のホテルのバーに呼び出して口説いた。

「結構なお話を頂いて」

オレンジジュースをするように飲みながら、照江は目を大きく開けて土屋の眼のなかをのぞきこんで言い放った。そして、あたかも二人の会話を他人に聞かれることを懸念しているかのごとく、同じ窓際の席の右側に目を走らせた。一組の男女が、一〇メートル程先に座って話し込んでいる。

「あれ、日下さんじゃない？」

照江は、低い声で囁いた。

「日下って？」

土屋が呟くのを遮るかのように、

「ほら、テレビの歌謡番組の解説などに出てくる音楽タレントの」

と照江は言うと、

「すいません、話をそらして」

と謝りつつ視線を土屋に戻した。

土屋は、ちらっと隣席を見た後、ウイスキーグラスを手にとって黙っていると、

「それで、お返しと言いますか、見返りに何をすればよいのですか」

と、照江が聞いた。

その時である。隣席から、女のかん高い声がした。

「私の好きにさせて頂戴！」

黒いスカートに赤いジャンプスーツを着た、背の高い女が立ち上っていた。連れの、黒っぽい背広姿の中年の男は座ったままなじるように女を見上げている。

女の声に照江は、心のなかで叫んだ。

「そうだ。自分の好きにやればよい。土屋さんは土屋さんで好きなようにお店を使えばよ

い」

と。隣の女が顔を上げて、きっとした表情で去ってゆくのを見ながら、照江はそう思った。自分の思いのままにやらせてくれるのなら、こんな良い話はない。

「板前さんが大事ですから、浅田の女将さんに頼んで信次さんを借り出します。女の子は探します。店は私の好きなようにやらせてもらえますか。私のカラーというんですか、私の思いを思いきり出して良いのなら……」

そう言った照江の眼はきらりと光っていた。しばらくの沈黙。

やがて土屋は、やや重たそうな口調で言った。

「しかし、ひとつ条件がある。妻の前では普通の仲居か女中なみの扱いをうけても文句を言わないで欲しいということだ」

土屋の言葉にはどこか奥歯に物がはさまったような調子が込められていた。

それを聞いて照江は、土屋の家というか本宅には出入りするな、愛人のような地位は認めない、あくまで女将とその店のパトロンという関係にしておくとの意味ととり、かえってせいせいすると思った。

もっとも、後に実際、照江が店を開けてみると、仲居か女中なみの扱いとは、土屋の妻が店に顔を出す時は、見下されたような扱いを受けることであることが分かった。

年に数回のことではあったが、土屋夫人が、昼時に地元の婦人会の女性などを照江の小料理屋で接待する時など、照江は、店の女将として紹介されず、無視された。それだけではない。給仕やトイレの案内などをしている際には、お客の前で手厳しい小言を言われることもあった。ある時などは、玄関での靴の揃え方がおかしいと、土間に下りて揃え直すように言われたこともあった。

そうした一部始終は土屋に報告されており、土屋はまた、そうした婦人の会合の後に店に顔を出すと、会合の際照江がやらされたことを思い出させるようなことを言うのが常だった。そこには、照江と自分との関係はあくまで「事務的」な意味でのパトロンと女将の関係であり、男女の関係の外にあるという、一種の虚構を、ことさら事実として固定しようとする執念が宿っているかのように照江には思えた。

事実、照江の肌に惚れた土屋ではあったが、もともと土屋は、照江と男女の関係、それも、至ってあっさりとした類いのものを結んだのは、一晩だけだった。照江はそこに土屋の慎重さと同時に冷酷さを見た。土屋の事務所のパーティなどに駆り出され、旅館の仲居のような紺色の綿のお仕着せを着て給仕にまわる照江の姿をちらちら見ている土屋と、そうした夫の様子をそれとなく見守っている土屋夫人の目付きには、どこか芝居がかった不自然さがあるのを、照江はじっとかみしめるのだった。

そして、土屋は、照江に対して、金銭的には至って寛大だったが、照江との関係は、決して、いわゆる男女の関係ではないと第三者にくどいほど言うのだった。

「ここの女将は俺の女でも何でもない。第一こんな田舎臭い女は、福井県の料理屋にもいない。福井はなにせ、都に近いからな」

そういう台詞を照江の前でも自然な調子で言う土屋だった。

それだけに、土屋の前では、照江は自分を飾る必要もなく、虚勢を張る必要もなかった。ただ、無視されたり、侮辱されたりするのを平然と受け流していればよく、それは、照江が、仲居として生きてきたまさにそのままの姿でいればよいこと、これまでの自分のままでいればよいことだった。

照江の決断も、いわば土屋の決定と同じく、照江なりに自分のままでいられる場所を確保し、自立できるという思いに根ざしていた。

結託

氷川神社の側の小さな路地裏の料理屋を照江が引き継ぎ、名前を「照本」として営業しだしてから半年ほどたったある日の昼ごろだった。土屋の秘書から照江に電話があり、

「今日は通産省の今井が来るから、二階の六畳間に通しておいて欲しい。内密の話なので、二階のもう一つの部屋には客を入れないように」

とのことだった。

幸いその日は、一階の六畳の部屋に一組予約があるだけで、照江は、

「かしこまりました、お待ちしております」

と返事した。

内密の話云々などということは普段からあることだったが、ほかの部屋に客を入れるな、という注文があったためしはなかった。今回に限ってなぜわざわざそんなことを言ってくるのか、第一豪放なところを出したがる土屋らしくもない——そう照江は思ったが、密談なら、自分が給仕役をやらねばならないかもしれない、と照江は自問自答した。

「照本」には、浅田をやめて照江のところに来た板前の信次とその遠縁ということで雇った

仲居の弓子しかいない。弓子は、もう三十近く、あごのとがった、眼の細い女で、肌も生来浅黒く、声もしゃがれ気味で、一時キャバレー勤めをしていた女だった。一見すれっからしのように見えるものの、話してみると、なかなか気の利いたことも言う。そのくせどこか純情というか底抜けにミーハーなところがあって、照江も勝手なことを言い合える間柄だった。

自分が長く座にいると却ってまずいかもしれない、弓子を係に出そう——ぎりぎりになって照江は考えを変えた。

六時を少し回ったころ、玄関で、

「ごめん」

という大きな声がした。照江が急いで玄関に出ると、

「通産省の今井だが、土屋さんに……」

と言って、男はじっと照江の顔を見つめて、一瞬目をしばたいた。

「なんだ。君が女将か。赤坂の店というのはここだったのか」

「どうぞよろしくご贔屓のほどを。とにかく二階へどうぞ」

照江は、下町の居酒屋ではあるまいし、今井と個人的な会話を玄関先で行うのは、慎むべきと思い、わざとそっけなく今井とその連れの若い男を二階へ案内した。そして、弓子を呼んで茶を出させた後に、今井に話しかけた。

「何ですか、土屋先生とは学校でご一緒だそうで」

「そんなことを土屋さんはもうしゃべっているのか。今日は真面目な話があるというんで、課長まで連れて来たんだがなあ」

ガラッと襖があく。

「やあ。先にきてたか。恐縮恐縮。おいおい、床の間の方に座ってくれ」

土屋は、上座をあけて座っている今井に、手をとらんばかりに促した。

「御馳走になった上に丁重にされて、何か頼まれたらのっぴきならなくなっては困るなあ」

そう言いながらも今井は素直に上座に座った。

「こちらは、大井課長。お見知りおきの程を」

今井は同席の大井課長を土屋に紹介した。

「すぐお料理を出しますか。それとも、しばらくお話しですか」

低い声で照江が土屋に聞く。

「酒のつまみに刺し身まで出してくれ。その後はしばらく待って。こっちから言うから」

うなずいて照江は部屋を出た。

それから約一時間、ちゃまめにゴマ豆腐の先付に、鯛と鮪の刺し身を前に、手酌で燗酒をすすりながら、土屋と今井は、土屋の言葉でいう密談に入った。

「実は、有名なジーメンス事件なみの贈収賄事件になりかねない話があるのだ」

土屋は、官邸筋からの内々の要請であることを匂わせながら、短刀直入に切り出した。今井が理解した限りで土屋の話を要約すれば、航空機の海外への売却先を巡って、米国の航空会社Lが、いろいろな国の政府高官に賄賂を贈ったことについて米国議会が調査している。ところが、そこで日本が名指しされており、政府高官に賄賂を提供したこと自体は、L社も認めているという。誰にいつ渡したかはいまだ調査中といわれているが、日本が名指しされた審議の一部は、すでに公開されており、国会でも社会党の議員によって質問されている。

数百億、数千億の商談であるから、賄賂も数億は下らぬであろうし、関係する政府高官なるものも、指定職以上であり、大臣クラスかもしれない。

そんなことが、米国議会によって公表されたら、日本の政界に衝撃を与え、マスコミで大騒動となろう。

「そこでだ。官邸では、内調を使って米国議会の状況を把握することも考えたが、ことがことだけに、米国のエージェントは使えない。第一、内調の工作は共産圏が対象だから、アメリカにもぐりこませるような者はいない。賄賂云々の話だから外交当局に相談するわけにもいかない」

そこまで話して、土屋は口を一瞬閉じた。通産行政にも詳しい土屋は、ふと思いついたのだった。通産省は、ニューヨークに産業調査員の肩書で、米国議会や政府の通商政策についての動きを調査し、裏で工作する、工作員を送り込んでいる。この調査員なら、普段から米国議会と接触しており、議会筋を動き回って情報収集してもとやかく言われまい、そう思ったのだった。

「そこでだ。内々に言い含めて、産業調査員にワシントンで工作してもらってはどうかと思うのだが」

そう土屋は説明した。

このことは、土屋、今井、そして調査員の三名だけが知っていることにしたい、そう土屋は二度も念を押した。

「大井君といったか。君は聞かなかったことにしてくれ。今井君たのむぞ」

そう言う土屋の言葉を遮るように今井が口をはさんだ。

「いや、そういうことなら、事情を産業調査員に言い含める者がアメリカへ行かねばならぬ。アメリカ留学の経験もある大井君を行かせたらどうか。それに、産業調査員より、大井君が動いたほうが、なまじ顔を知られていないからよいかもしれぬ。そのあたりは調査員と相談の上で……」

そこまで密談がすむと、土屋は手をならし、料理を催促した。

弓子と一緒に照江が、焼きなすとお銚子を持って現れると、土屋は、

「この若い人を、貿易交渉のためアメリカに派遣する話をしていた。今井君と本人を口説くのに時間がかかった」

と、苦笑いしながら平然とした顔付きで述べた。

「明日行けというんですから、ちょっと抵抗したまでで」

大井課長はせいた口調で言った。

「ハワイなら私も連れてってと言うけど、ハワイへゆくわけじゃないんでしょ」

「アメリカのどこへ行くかは、国家機密」

今井は照江に冗談めいた口調で呟いた。

「おい」

と、口調を変えて土屋は照江に話しかけた。

「今日ここで、俺と今井君とが会ったことは、内緒だぞ。そして大井なんていう人物はいなかったことにしろよ。女将いいな」

「お客さんの秘密を守れなければ、料亭なんて意味ありませんよ。私を試験しようっていうんですか」

照江は、口をわざとらしく尖らした。

何だか内容は分からぬが、国家的秘密を客と共有できる。そこに照江は、いままで感じたことのないようなスリルを覚えた。これが、女将の一つの生き甲斐だ。照江は思わず、黄白色の水仙の模様を散らした着物の胸に手をあてた。大井は大井で、重大な任務をひきうけた日に出会っただけに、女将の顔をあらためて眺めたが、田舎出の仲居さん風情だなと感じただけだった。

帰り際に、照江は今井に、

「大井課長はアメリカのどこへ行くのか、それだけ教えて」

と囁き、今井が、

「ワシントン」

と言うと、いきなり後ろの大井の手を握って引き留めた。

それが、大井と照江が親しくなるきっかけとなった。

アメリカの香り

「ねえ、お願いがあるんですけれど」

階段の下、ゆっくりと体をよせながら照江が丁寧な口ぶりで大井に囁いた。

「ワシントンへいらっしゃるのなら、ちょうど日本のお能の公演をやっているはずなので、そこへね、歌田さんっていう先生なんですけれど、お花を、私の名前で贈っていただけないかしら。そして、もしできればですけど、勝手なお願いで恐縮ですけれど、もしお時間があったら、見に行ってあげていただけないかしら」

照江の「お願い」なるものは、唐突であり、いささか妙なお願いだった。

「花といっても、どんな花がいいの。花束、それとも劇場の前におくような、大きな、飾り花のようなもの?」

歌田のことは、大井も知っていた。大井の身内で、能の仕舞を歌田に習っている女性がおり、その縁で、大井自身、一時謡を習ったことがあったからだ。それだけに歌田と照江との関係を聞きたいと一瞬思ったが、その思いを押し殺して、大井は花のことを聞いた。

それからの照江の説明は要領をえなかった。劇場の名前はもちろん、公演の日取りすら、翌月の初めの週末というだけではっきりとしない。もとより、そんなことは、ワシントンに着いて、新聞記者の友人か大使館関係者に聞けばすぐ分かることだったが、照江の真意をまわりから確かめるために、大井は一応聞きただしたのだった。

後に照江とより親しくなってから、大井は、照江と歌田氏との馴れ初めを知った。

もとはといえば、それは、謡を習っている、ある財界人の席に歌田氏が来ていたことから始まったと言う。

照江の言葉で言えば、「能役者にしては、大柄で、豪快な笑い声にやや神経質そうな身振りがどこか不釣り合い」な歌田は、女将のことが大のお気に入りになり、それからは、勘定自分もちで、時々お仲間を連れて照本へ飲みに来るようになったという。

いつも、食事というより、お座敷で飲んで、カラオケでも歌おうという趣向で、あまり言い客筋とは言えなかったが、照本に和服姿で乗り込んでくる男性の客もほかにはいなかったし、こういう文化人、それも、下町風の芸事ではなく、能楽の先生が来る所となれば、照本の評判にも悪くはない。照江はそうふんで、できるだけ、歌田の注文には応じた。そのうち、霞謡会という歌田の主催する能の定期公演に照江も招待され、しかも、照江から花を贈ったり、ご祝儀を出したりしているうちに、いつのまにか、週末の公演の帰りに一緒に食事をしたり、飲みに行ったりするようになったと言う。

「実はね、大井さん」

いささかさっぱりとした口調で、別れ際に照江は囁いた。

「実はね、歌さんには、赤坂の芸者さんに馴染みの人がいるのよ。染子っていう名前の。きっとその人もアメリカに行っているはずよ。歌田さんに直接連絡しにくかったら、染子に頼んでもらってもいいわ」

染子の名前が出た時、大井は自分の知っている芸者の名前を聞いて内心ややぎくっとした。染子といえば、かつて、今井に連れられて、赤坂の料亭に行った際、今井の席に顔を出していた、三十歳代とみられる、ちょっと華やかな感じのする芸者だった。八重歯がかすかに口元からこぼれるのが、全体のどこかつんとした感じを和らげており、美人とは言えないものの、明るい色気があった。大井には染子が能の師匠に恋をするとは思えず、土台、このあたりで、「お馴染み」という言葉は、付き合いがあるという程度の意味であることは分かっていても、照江の言い方には、どこか、それ以上の含みがあるように感じられた。

照江の頼みをいささか当惑気味に引き受けた大井は、ワシントンでの花の手配を大使館勤務の通産省出身者にファックスで頼むと、「翌日にも」と言っていた今井に半分抵抗する気持ちもあり、また、出張手続きの関係もあって、翌々日に成田空港から米国へ発った。

ウォーターゲート

大井は、ワシントンの中心部にあるマディソン・ホテルで荷物を解いてから、しばらくホテルの周辺をぶらぶらした後、夕方、タクシーでウォーターゲートにかつての国務省の高官を訪ねた。大井自身がその人物に会うことは、片や産業調査員、片や米国の法律事務所でジェトロの顧問弁護士役を務めている人物などと念入りに相談した後決めたことだった。

中西部の大きな会社の社長から政府に入り、またビジネスに戻ったその人物は、ウォーターゲートの個人事務所に来て欲しいということだったので、大井は、ウォーターゲート・ホテルの建物の北のはし、ホテルとは別の入り口から入る、マンションの四階に出向いた。

そこは、瀟洒な、落ち着いた雰囲気の応接間のある事務所だった。それに、大井と向かい合った元高官の物腰は静かで、夕闇迫るワシントンの空の色とともに、どこか荘重な雰囲気すらただよわせていた。

L航空機会社と日本の政府高官、そして議会の動きについて大井が行った質問に対する元高官の答えははっきりしていた。その高官は、議会の動きについては、自分は全く関知していないと述べ、日米間の貿易協議については、自らの参加していた一連の会議に関する限り、

通産省の関係者と飛行機の話をした覚えは全くないと、言いつつ、

「しかし」

と元高官は、最後に付け加えた。

「もし、どうしても、誰がいつどこでL社関連の話を日米の間でしていたか、本当に知りたいのなら、教えてくれるかどうかは保証しないが、ぶつかってみるべき相手は自分ではなく、元国務長官で、いま、ある会計事務所の顧問をしている人物だ。なぜなら、その会計事務所こそL社の監査をやっているからだ」

と。

一時間近くに亘る会話の最後に元高官はそう言って、大井の眼のなかをのぞきこむように凝視した。

マンション側からホテルサイドへ回るために、暗くなった歩道を歩きながら、大井は、これ以上情報収集にあたるべきなのだろうかと自問した。第一、情報を得たとしても、そこに、例えば、政府高官某だの、土屋あるいはほかの日本の議会関係者の名前が出たら、自分はまともにそれをそのまま、今井に報告すべきなのだろうか……そう大井は自分に問いかけた。

そんなことを考えながら、大井は、しばらく休みたい気持ちになって、ウォーターゲート・ホテルのロビーに入り、その奥のバーに腰を下ろした。カウンターの横で金髪の黒いドレスの女性が、ビジネスマン風の中年の男と話をしている。その横の奥の方、鏡のあるコー

ナーに、なにやら白っぽい着物が見える。ちょうど大井に注文を聞きに来たウェイターがくるりと回れ右をした瞬間、何か頼もうとするのだろうか、女が顔をこちらに向けた。東洋人、いや、よく見ると、白い着物は和服で、あきらかに日本人だ。思わず身を乗り出して目をこらすと、女は連れの男と立ち上がった。勘定でもすませようとするのか、男が、ウェイターと何か話している。その一瞬の間、女はちらっとこちらを向いた。染子ではないか。女は眼を細めるようにして大井を見る。そうだ、そういえば、染子は、やや近眼だった。大井は席から立ち上がって近づく。染子さん、と言いながら一メートルほどの距離まで行くと、

「あらっ、なにしていらっしゃるの、まさかお能を見にいらっしゃったんじゃないんでしょう」

と、染子は明るい声で叫んだ。

「こちら、歌田先生のお弟子さん。あらいやだ、歌田先生ってご存じかしら、能楽の……」

大井を紹介する前に、一緒にいる男のことを紹介しておきながら、肝心の名前を言わないところは、いかにも芸者らしい。それに、大井の方からなにも聞かないうちに、自分がなんでこんなところにいるのかを、相手に質問する形でそれとなく分からせようとしているあたりは、さすが赤坂の経験ゆたかな芸者だ。

染子は、連れの男性に自分はちょっと話があると言いながら、出口まで男を送るようにして連れ添って行ったかと思うと、速足で戻って来て、大井が座っていた席に当然のように座

り込んだ。

　赤坂で見ていた時は、ほかの芸者衆にくらべると、こころもち堅気風に着物を着、襟元などを、きっちりしすぎるくらいきちっとあわせ、帯なども堅く締めているように感じられることの多かった染子が、いまは、旅先のせいか、襟元や首筋にいかにも色気たっぷりの柔らかさが出ており、帯も心持ちゆったりと、しかも締め方がやや腰の方に近くなって、粋な感じを強めているように見えた。白地に緑の松をあしらった着物は、何かお祝いごとでもあるかのように浮き立っていた。

　大井は、ジン・フィズのグラスを前にして、染子から能の番組のことや劇場、そして歌田と一緒に来ている能楽師のことを聞いた。

「実は、ある人から歌田さんに花を贈ってくれと頼まれてね」

　そう言った途端、

「照本の女将さんでしょう」

　と、染子が言う。

「それを言うと、女将さんにしかられるかな」

　大井が、染子の反応を見たくてわざと冗談めかして言うと、

「ノカさんのことについて、私と照本の女将さんの間に何もありませんよ。あら、私ったら、うっかり、ついノカさんなんて言って。あの人よくカラオケ歌うでしょう。能楽師のカラオ

ケだからノウカラ、略してノカなの。どう、うまいもんでしょう」

と、客にあだ名をつける名人の染子らしい言葉が返ってきた。

「照本の女将さんは一応歌田先生の弟子ってことになっているけど、別に謡や仕舞を定期的に習っているわけじゃないの。時々稽古場にあらわれて、お弟子さんに愛嬌をふりまいたり、師匠にとどけものをしたりしているだけなのよ。ただ、歌田先生も気が向く時で時間があると、四海波《しかいなみ》だとか海人のなかの、玉の段などをさらってあげることはあるらしいけれど。女将さんだって、べつにいまさら謡や仕舞をやろうっていうわけじゃないでしょうよ。あの女将さんは、なんというのかしら、能の雰囲気とでもいうんでしょうか、それとも、歌田さん本人というのかしら、それともお弟子さんも含めた仲間意識というのかしら、ある種の高級感覚に弱いのよ。奥様方も多いし、言葉遣いだって。やはりああいうお稽古場だと特別ですしね」

染子の言葉に棘はなかったが、それだけに、照江を真っ裸にして人に見せるような、率直さがあった。

照江は、一種の箔をつけたかったのだ、大井はそう思った。店にも自分にも箔をつけたかったのだ。そして、そのための役を演ずるべき歌田が、どこかの大学教授の有閑マダムとデートでもするのならまだしも、よりによって、赤坂の芸者、それも、とりわけ若くもなく、さりとて大ベテランでもない、ちょうど色気たっぷりの芸者と深い仲になってゆくのを見て、照江は、自分の入ろうとしていた世界の箔と程度が落ちて行くようないらだちを覚えたのかもしれない、そして、染子は、本能的にそうした女将のいらだちを感じとり、そこにまた、女中頭から料亭の女将にのしあがった照江が、もてる年増芸者の染子に対して抱く、ある種の羨望と軽蔑の影を読み取ったのかもしれなかった。

そんなことをぼんやり思う大井だったが、その一方、淡々とした口調で話している染子が、一体、自分自身としては何を求めて歌田と付き合っているのかと、聞きたくなる気持ちだった。

グラスから軽く吸うようにしてジン・フィズを飲む染子の右手の動かし方は、酒をついだり飲んだりしている女性特有の、ある種の柔らかさといやみのない派手さがあった。

客の数が少し増えてきたのか、あたりのざわめきが耳に入り出した。それでも、音楽もテレビもないこのバーは、ホテルのバーにしては随分としっとりとしている、そんな言葉が何遍か口まで出かかったものの、染子の態度が、赤坂のお座敷で、今晩は、と言って、畳に手をついて入ってくる時とちがって、なんとなく、頼りげのない、こちらにもたれかかりそうな気配があって、会話の雰囲気をこわすことがためらわれて、大井はあまりしゃべらなかった。

やがて、染子は、外国へ出た気安さからか、それとも、思いがけなく、見知っている日本人にぱったり会ったことに軽い興奮を感じたせいか、自分と照江と歌田のことを、第三者の物語でもするかのように、話し出した。話は要するに、自分はなにも歌田に好かれたいと思っているわけではない、こちらが好きになれればそれでよい、ということにつきていた。

「芸者にとって、好かれることなんか、面白くもありゃしない。迷惑か、ややこしいことになるのが関の山ですよ。第一、誰々さんに好かれただの、愛されたなど、女学生じゃあるまいし、仲間や友だちに話すこともできませんよ。自慢するのなら、好きな人ができたってことですよ。それも、お金や地位とは関係なくね。最高なのは同じように好きになった同僚か友だちと張り合うことですよ。同じ人、それもすてきな人を好きになっちゃって、その上で張り合うの。芸者の競争ね。どちらが相手を射止めるかじゃなくて、どちらが本当に好きになっているか、意地と根気の張り合いよ。そこへいくと、照本の女将さんの気の入れかたは、全然話にもならないわ。あの人は、歌田さんを好きになろうといった考えは全くないわ。霞謡会に出て来ている様子を見たって、いやになれなれしく歌田さんの奥さんと話し込んだりして。要するにあの人は、歌田さんと付き合いのあるってことを他人に見せたいのよ。別に、自分の料亭にきてもらいたくてしてるとも思わないわ。第一、ノカさんはそんなにお金もないし。人に見せたいって言うより、自分に見せたいのよ。自分もこういう男の人と個人的にお付き合いしているってことを、自分自身の勲章にして、胸に飾っておきたいのよ。だから、歌田さんのご機嫌をとるのよ。それもなんだか世話女房的にね。このあいだなんか、奥さんがちゃんと用意してあるっていうのに、楽屋に弁当代わりだとかいって、照本の料理を届けたりして。でもあれは、恋でもなんでもないわ。第一、料亭の女将さんが芸能人に色恋沙汰なんて、聞いてあきれるわ。ただ、あの人を見ていると、なんだか、かわいそうと言うか、なんか憎めないのね。どこか、一生懸命なのよ、しかも別に何かそのかわりにいただくものがなくても、一生懸命なのね。きっと、あの人を奥さんにもらったら、尽くしてくれるでしょうね。まあ、もっとも、もうそろそろ上がりだし、いまから同棲したり結婚したりなんかするはずはないけれど」

いやに丁寧で、いかにも女らしい言葉を使うかと思うと、ふと気が合ったり、率直に話す段になると、男言葉やえらく下品な言葉を平然と使うのは、いかにも、もう十五年以上芸者稼業をしている、染子らしかった。

「さ、どうかね。確かに照本の女将さんは、気性も激しいところがあるし、あの年でいまさらとは思うけれど、しかしね、色恋は年とは関係ないと言う人もいるからね。あの人だって、一夜の恋におぼれることはあるかもしれないし、歌田さんとの関係だって、いつかどこかでチャンスがあれば、たった一夜の恋をしてみたいと思って、付き合っているのかもしれないよ」

染子がややむきになって照江のたなおろしをするので、大井は、少し反論してやる気持ちになった。

すると、染子は意外に素直に、

「そうね、一夜の恋ね……」

と言って、物思いにふけるような表情を示した。

大井は、それから、染子と別れて、マディソン・ホテルに帰って、軽食を済まし、すぐ部屋に戻った。そして、急に照江に花を届けたことの報告をしようと、国際電話を頼んだ。日本は朝だというのに、誰も出ませんと言われ、大井はそのまま床に入った。

替え玉作戦

染子と出会った日の翌朝、大井はマディソン・ホテルの一階の食堂で、ニューヨークから出張してきた産業調査員Nと朝食をとりながら、今後の調査方針を話し合った。食堂は、大きなホテルにしてはややこぢんまりとして、落ち着いた部屋だった。二人は、できるだけアメリカらしい朝食を食べようと言い合って、トースト、コーヒー、卵にベーコンの朝食をとった。

二人ともなかなか今後の方針を明確に描けなかった。L社の顧問をやっている元国務長官に会うとなると、外交ルートを介在させないとだめであろうし、第一会ったところで、贈賄行為についてまともに答えてくれるはずもなかろう。むしろ、この件を調査している議会の委員会関係者に直接聞いたほうが良いのではないか――二人は、こもごも、ためらいがちに、同じような意見を述べた。

議論しているうちに、Nは、この事件の調査をしている小委員会には特段知り合いはいないが、貿易、経済関係の委員会スタッフには顔が利くので、伝手をたどって誰か紹介してもらうことはできると呟いた。

「スタッフに会うのなら、いまは共和党の政府だから、共和党系の議員のスタッフが良いのではないか。日本との関係も浅くない共和党議員で、本件を調べている小委員会のメンバーは誰かいないだろうか」

大井の問いかけに、Nは、

「そういえば」

と言いながら、中西部出身のS上院議員の名前を挙げた。そして、その日の午後、Nから大井のところに電話があり、S上院議員の政策秘書で、本件を担当しているマイク・ヘンダーソンという人物がおり、それとなく周囲に打診してみたが、かなりガードが固そうだ、という連絡があった。

大井は、ホテルを出て通りを横切り、灰色がかったワシントン・ポストの社屋の前を通り、タイダルベイスンの方角へ足を向け、ゆっくりと散歩しながら作戦を考えた。

自分がマイク某という人物なら、どういう日本人なら会いたいと思うだろうか——そう考えた途端、大井は思いついた。いま、米国議会は贈収賄事件を調査している。そうとすれば、売り込み主のL社だけでなく、発注する方の日本側の状況も知りたいのではないか。それならば、日本での商取引の裏話を多少なりとも知っている者を紹介したい、と言えば、食いついてくる可能性がある。しかしそのような日本人は、いまワシントンにいない。大井自身が内情を知っていると、うその話をするわけにはいかない。

物思いにふけりながら、どこをどう曲がったのかと、ふと我に返った時、遠くに議事堂が見えた。なぜかその時、大井の脳裏に照本の女将のことが胸をかすめた。能楽の催しに花を送ってもらうようジェトロの友人に頼んでおいたが……。

その時である。大井は、ふと照本で、航空機関連の仕事をしている通産省の同僚と、制服姿の米軍将校らしい人物の二人に廊下ですれ違ったことを思い出した。ひょっとすると、料亭照本は、航空機関連の商談や防衛関連の調達にまつわる「根回し」や内密の相談に利用されたことがあるのではないか。

大井は、マディソン・ホテルにとって返し、ウォーターゲートを出る時聞いておいた染子の宿泊先に電話をかけ、歌田氏が公演するケネディ・センターの小劇場のロビーで会うことにした。

大井の作戦は照本と絡んでいた。

「東京の某料亭が航空機の対日売り込みの内談の場所として使われている気配がある。その料亭には政治家、官庁関係者、ビジネスマンが出入りするが、どういう連中が集うのかについて、情報が欲しくないか」

そう持ち掛ければ、相手も興味を示すだろう。その上で、

「実は、その料亭の女性マネージャーがたまたまワシントンに来ているので、その者も同伴の上話をしたい。自分は日本政府、通産省の者だ」

そう言えば、相手もほぼ必ず面談に応じるだろう。しかし、面談を効果的なものにするには、劇的要素も必要だ。女性マネージャー役を染子にやらせたらどうだろうか、大井はそう考えた。

ケネディ・センターのなか、劇場の片隅というより、ホテルのロビーのような場所で、立ったまま、大井は染子に会った。染子はウォーターゲートで会った時とは違い洋装だった。白地に青いアジサイを散らした服に、ワニ革のハンドバッグ姿だった。

「照本とは言わない。赤坂の料亭Tのマネージャーとだけ言う。あなたは、アメリカ人の議員スタッフの前で何も言わなくてよい。ただ一緒に座って小生の言うことに頷いていればよい」

「いきなり、こんなお話に乗れと言われても。それに、照本の女将さんに万一迷惑がかかることはないかしら」

と難色を示す染子に大井は言った。

「もともと、照本の女将が歌田氏に花を贈ってくれと言ったのがきっかけとなってここにいるのだから、問題ないよ。それに、偶然、我々二人は劇場で出会ったことにしたらよい。それがまあ事実に近いことでもあるし」

大井の粘りが効いて、染子はやっと頷いた。

翌々日の午後、大井は、N調査員と染子を帯同してS上院議員の議会内の事務所でヘンダーソンに会った。

丸顔でやや赤みのある、人懐っこそうな顔つきのヘンダーソンは、中肉中背の体格も手伝って、議員スタッフというより、田舎の町の町長か何かのような雰囲気を持つ男だった。

「ランチを食べ損なったので、失礼だがサンドイッチを食べながら話をさせて欲しい」

そう言いながら、ソファにどかりと座り込むと、立ったままどこに座るべきかためらっている染子の着物姿を凝視した。染子は、鶴の模様を散らした銀白色の着物に、青海波を染め抜いた紺色の帯を締め、どこか落ち着いた、女将らしい雰囲気を出していた。

「日本女性の着物姿は、初めて見るのですか」

場の雰囲気をまず和らげようとしてNが聞いた。

「いや、桜祭りの時かなり見ましたよ。もっとも、桜の下というより、日本大使館のパーティでね」

サンドイッチを頬張りながら、ヘンダーソンは気さくそうに言った。

秘書役だろうか、金髪の長身の女性がコーヒーを紙コップに入れて日本人の来客に手際よくサービスした。

それから三十分程、大井はうつむき加減の染子にわざと時折ちらちら視線を移しながら、会話を進めた。

「そもそも、日本には料亭談義とも言える風習があって、ちょうど欧州では地中海にヨットを浮かべて商談したり、米国ではゴルフ場で政治談義をしたりするように、和風の料亭で政治談義や商談をする」

大井はまずそこから切り出した。

料亭談義、赤坂のもろもろの料亭、そして料亭Tとそのマネージャー染子。それから、そこでの政治がらみの商談、航空機関連の会合――そうした話をする途中で、ヘンダーソンは、どこの商社が特に絡んでいるか、と聞いた。

大井が当てずっぽうに、M社とI社の名前を挙げると、一瞬相手は意外そうな顔つきをし、

「N社は入っていないか」

と聞き、大井はわざと大げさに染子の方に振り向き、さっとウインクすると、

「どうだ、N社の人も見かけたかね」

と聞いた。

片目をつぶって聞いたら、頷くという打ち合わせがしてあったため、染子はゆっくり首を縦に振った。

「イエスだ」

ヘンダーソンは、コーヒーカップに手を伸ばしながらうなずくような姿勢を見せた。

「米側の調査では、N社の名前が出ているのか」

と大井が聞くと、

「想像に任せる」

という返事だ。

そこで大井は食い下がった。

「米国議会のこれまでの調査では、L社は、日本政府関係者に賄賂を贈ったことを否定していないが、日本の役所の官僚が航空機のような大型商談に絡んで、外国の会社から賄賂を受け取るとは考えられない。もし賄賂云々の噂が出るとすれば、政治家絡みであろうが、政治家が外国の会社と直接接触すれば目立つから、そういうことがあるとすれば、誰かがうまく仲立したはずだ」

ここで相手が尋ねた。

「日本の政治家は、コンサルタントを雇わないのか」

と。

「コンサルタントの定義にもよるが……昔は政商と呼ばれる人物がいて……」

そこまで口に出かかって、大井ははっとした。

大型商談、特に、防衛絡みの大型商談には、いまでも政商じみた人物が絡んでいるのかもしれない。

「L社の人物が議会で証言して、政府関係者という言葉を使ったのは、正式な政府の一員とは限らず、そうしたコンサルタントだったかもしれないのか」

大井が質問した。

ヘンダーソンは当初曖昧な応答に終始したが、染子が、「コンサルタント」という言葉が往来するのを聞いたせいか、

「そういえば、いままで政治家さんの後援者とか言ってた人が急にコンサルとか言い出しているわね」

と小声で囁き、それを大井がわざと大げさに通訳したあたりから、相手の態度が若干和らいだように見えた。

結局、大井は、ヘンダーソンとの面談から、二つのことを嗅ぎ取った。N商社が絡んでいるらしいこと、誰か政商並みのコンサルタントが介入しているとみられることだった。

「照本の女将には、どうせ、歌田氏の公演のことを報告するから、その時、替え玉作戦のことも一言説明しておくよ」

議会から帰る車のなかで、大井は染子に囁いた。

「替え玉じゃなくて、いつか本当に照本を乗っ取ろうかな」

染子はカラカラ笑いながら叫んだ。

知らぬが仏

日本へ帰国した翌日、大井は今井に照本へ呼ばれ、出張の報告をした。

替え玉作戦のことにも触れつつ、分かったことは、N商社関係者、そして誰かは分からぬが「コンサルタント」と称する政商が絡んでいるらしいと大井が述べると、予想に近いものだったのか、今井は特段驚いた反応を示さなかった。今井は大井がL社の顧問をしているとされる元国務長官に会うための工作を全くしないで帰ってきたことについては何も言わなかった。大井が後から考えてみると、その時今井は、米国側から大井が聞きだしたことよりも、替え玉作戦で大井が思いついた、真に存在したかどうか不明の照本での会合の方に関心を持ったからだった。

照江は、大井の報告の肝心の部分の時は、さすがに人払いがかかって今井の座敷にはいなかったが、大井の報告が一段落し、雑談に入りだすと同席した。すると、今井は、大井のワシントンでの米国議会筋との接触について口を滑らすなど、女将を話に引き込むような素振りを見せだした。

そして、食事も終わり近くなって、ほかの部屋の客が帰るのを見定めると、今井はいったん姿を消していた女将にわざわざ部屋に来るよう、側にいた君江に頼んだ。

やがて、どこかせかせかした調子で照江が部屋に入り、今井の横に座ると、大井が気を利かせて席を外しましょうかと苦笑気味に呟くのを制して、今井は、根掘り葉掘り照江に質問し出した。それは、この照本で、米国との航空機関連商談を行っている日本のN商社の幹部と政府関係者や政治家あるいはその知り合いめいた人物が食事や酒を共にしたことが、なかったかという点だった。

今井は、土屋はじめ、自分のよく知る政治家、商社の幹部、あるいはひょっとして役所の同僚や先輩が、この事件に間接的にでも関与していないかどうか確かめたかった。

「飛行機云々とおしゃられてもね。お客様のお話の内容まで聞いていられませんからね」

照江は、笑い飛ばすように答えた。

「じゃ、米国の軍人さんと日本の政治家や役人、あるいは商社の幹部が集まったというようなことはなかったかね」

今井がじれったそうな口調で聞く。

「ええ、もちろん通産省の方々はよくいらっしゃいましたよ。時には外人さんと。でもアメリカさんかどうか分かりませんし。軍人さんと言ってもねえ」

照江は今井の問いに答えるのに慎重だった。

「おい女将。先だってオールド・パーの年代物を仕入れたとか言っていたな。水割りでも作ってくれないか」

雰囲気を変えようと、今井は酒を注文した。

「下のバーからもらって来ます」

君江がそう言うのを制して照江は右手を畳につくと、すくと立ち上がって、床の間の横の引き戸の奥からウイスキー瓶を取り出した。

「氷とお水、お願い」

今度は、隅にいた君江が立ち上がった。

やがて、照江の素早い手つきで作った水割りを一口ぐっと飲んだ今井は、オールド・パーの瓶に描かれた男の顔を見ながら言った。

「この爺さんの顔に、どこか似ている日本人がいるといつか土屋さんが言っていたなあ」

「そうそう」

勢い込んだ様子で、照江が言い出した。

「ほら、戦前有名だったZ機関の親玉のおじさんよ。戦後も一時は、大臣は総理が、総理は俺が任命するなんて、うそぶくほどの人だったらしいじゃない」

今井は危うく手に持ったグラスを落としそうになった。

「大山さんのことですか」

大井が口をはさんだ。

「大山氏はここに来たことがあるのかね」

「ええ、二、三度みえましたね」

「誰と一緒だったかね」

「お名前はちょっと」

「どんな奴らで、どんな話をしていたかね」

「皆さんご年配でしたね。そうそう、いつだったか、シベリア抑留の話が盛んに出ていましたね」

「大山は別にシベリアに抑留されたことはないから、同席した誰かの話だろう。どんな話が出ていたの」

今井と照江の間で、こうした問答が続いた。

客の話にタイミングよく割り込んで、座を賑やかにすることに意気を感じてきた照江は、それだけに、客の話の中身をよく覚えている方だった。

「薄い銀髪の、角張った顔の、きちんとした感じの方が抑留の経験談をしておられましたよ」

照江は、眼を天井の方へ軽く上げながら話し出した。

ことの始まりは、その男が、大山の前でタバコを吸っても良いかと言い出したことだった。

ワイシャツのポケットから、ハイライトの箱を取り出しながら、男は、静かな口調で弁解した。

　自分が抑留されていたシベリアでは、建物の掃除や道路工事めいたものや、いろいろ労働をさせられたが、何をやっても達成感を感じることができなかった。唯一、部屋のペンキ塗りをさせられた時、壁のどこそこまで塗って、それを見上げながら一服タバコを吸う、その瞬間だけがある種の達成感というか、生きているという感覚を持てた瞬間だった。以来タバコを止められなくなった。苦しかった生活と僅かな憩いの双方の思い出をいつも感じておきたいという気持ちがあるからでしょう——そんなことを、この抑留体験者は言ったという。

　涙までは出さなかったが、照江は少し眼を潤ませるかのように、瞼をパチパチしながら語った。

　そうだ、そんな話を間接的にだが聞いたことがある、その男はいまN商社の顧問をやっているO氏だ。

　大山氏—N商社のO氏は繋がっている。そう思った途端、今井は、いま目覚めたかのように尋ねた。

「通産省の人は同席していなかったかね」

「いらっしゃいましたよ」

「どこの部署の奴だ?」

　外出先では通常ほとんどタバコを吸わない今井だったが、何かに憑かれたように上着のポケットからタバコを取り出すと、照江がマッチを近づけて火をつけるまで、タバコの先を下に向けて待った。その様子が、どこか照江に尋問する検事のように真面目くさって見えた。

「どこって、通産省の方で、どこの部署と言われても……」

照江は焦げ茶色の灰皿を心持ち今井の方に引き寄せてやりながら、ニコッと笑った。

「それに、私なんかにお聞きにならないで、お役所で直接お調べになったら良いじゃありませんか」

照江は、後ろに大きく結い上げた頭に軽く手を当てると、かすかに媚びた調子で言った。そんなやりとりが、手を替え品を替え、四、五分も続いただろうか、照江の顔にかすかな苦悩の表情が浮かんだ。それは、今井が、この店をこれからもしばしば使ってやりたいが……と言った台詞を巧妙に質問に混ぜた時だった。

客商売の照江に、ほかの客をいわば売り渡すようなことを強いて、その代償に自分が店を使ってやろうと言わんばかりの今井の言い草には、いささか照江も当惑した様子だった。照江は一瞬苦しそうな表情を見せたものの、すぐ思い直したかのように眼を大きく開けて、ほとんど叫ぶように言った。

「土屋先生が官邸時代に先生の秘書役を長くやっていらして、この間辞めた方がいますよ。そう、栗本さんとか……確か通産省の先輩のお嬢さんをおもらいになったとか誰かが言っていましたよ。あの方にお聞きになったらどうでしょう」

今井はギクッとしたようだった。タバコを持つ手が一瞬宙に浮いて、止まった。

「栗本氏はしょっちゅうここで、さっきの人達と一緒だったの？」

「ええ、二、三度は御一緒でしたよ」

その時の今井の、何とも言えない表情は、正に何とも言えないものだった。栗本の奥さんは、今井のかつての上司で、今井を引き上げてきた先輩の娘であることを、一体照江は知っていて、そんな切り札を出してきたのだろうか。それとも、それは全くの偶然なのだろうか。今井はふと疑問に思いながら照江の顔をちらっ、ちらっと覗くように見入ったが、女の表情は落ち着いていた。

照江の意図が分かったのは、数週間後、今井が宴席の後、照江と何となく話し込んだ時だった。

「今井さんだから正直に言いますけど、私、栗本さん式の秀才型は嫌いですよ。私、エリートは好き。でも秀才は嫌い」

照江の言葉にはもちろん矛盾があった。秀才でないエリートなど、芸能界ならいざ知らず、役人の世界ではほとんどあり得ないことは、照江もよく分かっているはずだった。その照江の、秀才は嫌いだという言葉の調子には、どこか、何かの反発、何かの反逆に似た気負いが感じられた。しかし、それを指摘して照江をなじるのは、照江に対してかわいそうだ。今井はそう思った。照江のエリートに対する憧れは、それほど純粋に見えた。

栗本の名を聞いた今井は、この日を最後にL航空機会社の事件から手を引いた。

知らずうちにその契機を作ったのが照江だったことは、もとより照江の知るところではなかった。照江はただ、自分の店が何か大きな事件の裏舞台になっていたのかもしれないという思いに取りつかれていた。照本という舞台を裏で切り盛りしてきたのは自分だと自負していたが、実は、この店、そして女将自身も、見えない糸に踊らされて来たのではなかったのか——今井と大井が去った部屋を片付けながら、照江はふと自問していた。

そして、数ケ月後、賄賂はピーナッツいくつ、などという冗談が広まるほど、米国からの航空機購入にまつわる政治的スキャンダルのニュースが世間を騒がすようになった時、照江は、今井とかわした会話や、大井と今井の会合、大井の米国出張のことなどが、この件にからんでいるのではないかと思った。そして、今井がこのことから手を引いた経緯も思い出し、照江は持ち前の勘で、この事件は政局をゆるがす大きなスキャンダルになるのではと思いをはせた。それでも、と照江は考えた。この事件には、アメリカが大きくからんでいるとなると、スパイもどきの人々や、政界の大物が黒幕にいるかもしれず、そうなると、真相は結局闇に葬られてしまうのではないか、と。

赤いラーク

航空機をめぐる怪しげな案件から手を引いてからしばらく後、対外通商業務を担当していた今井は、いささか奇妙な、対米貿易交渉に巻き込まれた。それは、一種の政治的芝居ともいえるような交渉だった。

キャブシャシーの交渉と言われたその交渉は、今井が、大蔵省の同僚から頼まれたものだった。大蔵省は当時、専売公社とともに、アメリカが要求してきたタバコの関税引き下げをめぐる交渉の真っ最中だった。ところが、日本の関税を引き下げる以上、アメリカからも、何かそれに見合った、関税の引き下げを獲得すべきである。そういう主張が、政府部内で高くなった。その時、折からアメリカで、トラックのエンジンと車体だけで、外装や内装をほどこしてない、キャブシャシーの関税の引き上げが行われて、日本や欧州の顰蹙を買っていた。大蔵省は、これに目をつけた。ところが、トラックとなれば、大蔵省ではなく、通産省の所管である。日本の自動車業界はあまり騒いではおらず、通産省にとってもそれほど熱のこもった交渉をしたいわけではなかったが、大蔵省から頼まれて引っ込んでいるわけにもいかなかった。通商局の幹部だった今井は、この交渉の実質的責任者になった。アメリカの代表は、スティーブ某と言う、どっしりとした、金髪の大きな男で、その補佐をしているのは、ヘレンという、細い体つきの、透き通るように青い眼をした、法律家だった。

来日したアメリカ代表団がいくら話し合っても、譲歩の片鱗さえ見せぬ様子に辟易し、米側の肩を少しでもときほぐそうと、今井はある夜、照本へ米人二人を招待した。あらかじめ女将に頼んで、特別に、照本では異例のすき焼きを出してもらった。

油ものをきらうのは、料亭のならわしで、普通の部屋を使わせたくなかった女将は、少しでもくつろいだ雰囲気をだそうという心遣いもかねて、二階の裏手の照江の居室を提供した。すき焼きのセットを持った弓子とともに、小柄で茶色に毛を染めた、モダンな感じの若い女が接待にあたった。

いままで見たことのない女だと、今井がいぶかしげに照江と女との間を代わる代わるながめると、照江は、

「ああ、妙子のことですか、美人でしょう。資生堂の化粧品を売っていた人だから、お化粧は一流よ」

と、紹介した。

「ちょっと、英語も話せるって言うから、特別に頼んで今日席に出てもらいますの」

照江がそう言っている時、アメリカ人の客が到着した。

食事が始まってみると、スティーブは箸が使えず、妙子がフォークを持ってきましょうと

いうのに、意固地に箸を使おうとして、すき焼きの味を楽しむどころではなさそうだった。ヘレンの方は、日本語を少し勉強しているとかで、箸などは慣れたものだったが、細みの体に、赤い中国服を着ているせいか、あまりアメリカ人らしく見えなかった。

ヘレンは、結構、日本酒を飲んだが、スティーブは、ビールをなめるように飲むだけで、酒は口にしない。そのせいもあってか、それともスティーブの性格なのか、食事中も根掘り葉掘り、日本の自動車業界の様子を尋ねるなど、仕事で頭が一杯のようで、せめて夜なりとも、日本情緒を味わおうとするような態度は全くなかった。

二度ばかりちらっと顔を出した照江も、

「なんだかほぐれないわね」

と、今井に呟くと、そそくさと立ち去っていった。

箸に悪戦苦闘しているスティーブ。一方ヘレンは、妙子と名乗る接待嬢を相手に、照本のなりたちや営業状況などを聞きまくり、普段はこの店になじみのない妙子の、しかも流暢とはいえぬ英語を辛抱強く聞いている。

すき焼きもそこそこにして、三味線でも特別に頼もうかと今井が気をもみ出したころ、照江が顔をだし、さっと周りを見回したかと思うと、料理を片付けさせて、座りこんだ。

「さ、皆さん、ゲームでもやりましょう」

と、照江が叫んだ。

日本語と英語がちゃんぽんに飛び交い、スティーブが、
などと大きな体をそらして妙子に聞いている間に、照江は、赤地に金糸のぬいとりのある、一〇センチ四方ほどの布の下敷きを床の間の横の棚からとりだすと、テーブルの上においた。

「ホアット　ゲーム？」

「金毘羅船船、あらしゅっしゅっしゅっしゅっ……」

照江のいつもよりかん高い声が響き、妙子も一緒になって、ゲームをどうやるのかの説明が始まる。赤い、小さな布団のような布の上に二人して手を出したり、引っ込めたりして、歌のスピードがだんだん早くなるにつれて手の出し方を間違った方が負ける。負ければ、酒を一杯、罰に飲まされるというゲームだ。スティーブは、自分は酒を飲まぬ、ジュースなら良いと言って、妙子の顰蹙を買ったが、照江がなだめて、ビールとコカコーラで割ったドリンクを作ることになった。

スティーブは、手の出し方がのろいかと思うと、今度は、急に荒っぽかったりして、相手の妙子と呼吸があわない。ヘレンは、同席していた今井の部下、大井を相手に結構器用にやっている。歌が早くなって、ヘレンがテンポを間違って、大井の手をつかむかのように押さえ付けた時、二人は同時に笑いだし、それが、皆の緊張をいっきに解いた。

スティーブの気乗りのしない様子を横目でみていた照江は、やおら、左手の指から、親指の爪程もある大きなエメラルドの指輪を抜き取り、ハンカチにつつんで床の間の横の棚の上

におくと、

「さあ」

とかけごえをかけて、スティーブの手を取ると、むりやりに二人でゲームをしだした。

「金毘羅船船、あらしゅっしゅっしゅっ……」

照江の声が、部屋中に響きわたった。

相変わらずスティーブはぶきっちょで、照江も笑いながら、

「この人本当ににぶいわね」

と、大きな声で言い出す始末だ。

「あの指輪ほんものだったら、五万ドル近いんじゃないかしら」

ヘレンは、今井からこの店のオーナーだと聞かされていた照江に個人的な関心を持ったらしく、低く呟いた。

やがて、照江の音頭で虎、虎、虎をやろうということになった。但し、アメリカ人とやるのだからと、照江の趣向で、中身を変えて、日本株式会社ゲームにした。政治家は官僚に勝つ、官僚は民衆に勝つ、民衆は政治家に勝つ。政治家は、指をまるくしてバッジを胸につけた格好をして、官僚はかばんを持ち、そして、民衆は、新聞を手に持ったかっこうにするのだという。スティーブも初めて大笑いし、よし、それなら、ゲームをしようと、これまでとは打って変わって、乗り気になった。

手拍子がはじまって、ゲームが進行する間、照江は時折スティーブとヘレンの顔を横目で見ながら、座をとりもった。

スティーブもビールが欲しいと言い出し、大きな体を揺すってようやく気が乗ってきたように見えると、照江は、

「どう、これでよろしい？　あと、デザートはどうしますか、もうこのままのほうがいいかな？」

と、今井に小声で聞いた。

「うん、ありがとう」

今井が言うと、照江は、テーブルの下へ手をまわして、男の手をキュッと握り締めた。

「指輪をわすれるなよ」

低い声で今井が言うと

「保険は五百万つけてあるけど、買った値段はそんなにしないのよ」

と愉快そうに呟いた。

部屋を出て行く際、照江は、スティーブの横に座り、袖のなかに隠し持っていた真っ赤なラークのタバコを一箱、スティーブの胸の下、テーブルの上に投げるようにおいた。

この交渉は実はタバコをもっと日本に売りこみたいというアメリカの思惑から始まったものだと聞かされていた照江は、

「ちょっとアメリカさん」

と声をかけた。

「このアメリカのタバコは、去年に比べて今年は売上が二倍になったそうですよ。去年はその前の年の二倍だったと大蔵省の人が言ってましたよ。それなのに、もっと日本に売ろうというんですか。タバコは健康に悪いんですよ。それをばかのひとつ覚えみたいに輸出、輸出ってなんですか」

早口でまくし立てる照江の言葉を大井が通訳する。

「どうも、この人の方が、手ごわい交渉相手だな」

スティーブは愉快そうに呟いた。日本通のヘレンは苦笑していたが、今井は二人の米人の様子を見て、これで、少し気分がほぐれた、明日はいままでより少しは向こうも手のうちを見せてくれるかもしれぬと思うのだった。

そして翌日の交渉で、スティーブは初めて、日本側の関税引き下げの対価というわけではなく、あくまで「善意の印し」としてだがと前置きしつつも、キャブシャシーについていまとはいわぬが、将来何ができるか考えようと漏らし、漸く交渉が進み始めたのだった。

決断

外国人の接待にまで使われ、照本も格が上がったなどと土屋に冗談を言われる程になり、また事実「照本」という名前も、土屋や今井の伝手もあって、少しずつ、永田町や霞ヶ関界隈で知られるようになった。それに伴って、材木屋の隣の、四室程にカウンターといった作りの家では手狭に感じられる機会も増えていた。

ちょうどそのような気配の出て来たころ、土屋が、お客を呼んだ席のお開きの後、話があると照江をひきとめた。

「実は、俺のところのボスね。あの白山先生から、耳寄りな話があってな」

土屋は、照江が気を利かして持って来たオールド・パーの水割りをすすりながら話し出した。

「白山先生の故郷の知り合いが、赤坂といってもコロンビア通りに近い、いわば場末だがね、一軒屋を持っていて、一時はそこを上京した時の泊まり場所にしてたらしいのだ。その後、馴染みの女を住まわせたり、下宿屋まがいのことに使ったりしていたんだそうだが、そろそろ処分したい、ただ、白山先生の役に立つのなら、ただ同然でお貸ししてもよいと言ってるのだそうだ」

照江は、いつもの癖で、軽く唇をなめた。土屋は続けた。

「白山先生から、つい二、三日前、何か良い使い道はないかと呟かれて、ふと考えたんだ。いまやもう派閥の会合といっても、赤坂の著名な料理屋で、芸者をいれて騒ぐような時代じゃない。さりとて、いつも、ホテルで集まるのではバタ臭くてたまらぬ。そこでだ、その家に多少手を入れて、二、三十人くらいは入れる広い部屋も作ったらと思った。それなら、そこをあたらしく、新照本にしたらと思ったのだ」

「どれくらいの広さなのですか」

照江は、あまり気乗りのしない調子で聞いた。

「下宿屋を一時やっていたくらいだからな。一階は台所に二間、二階に四部屋、それに三階に二部屋。地下に倉庫もある。各階に便所もある」

「随分とお詳しいですね。いらしたことでもあるのですか」

「いや、先生の所で図面をみせられたのでな」

照江は、そう聞いて、長年の勘から、この話は土屋の思いつきではなく、何か理由があって、白山と土屋の間で、この物件の利用のしかたについて、話し合いがあったに違いない、と感じた。そうとすれば、この話をきっかけに、白山という大物と近づきになれるかもしれない。

「改装費にどれくらい掛かりますか……」

照江は、自問するように呟きながら、

「私も頂きます」

と、ウイスキーに氷と水をたっぷり入れたグラスを口にあてると、土屋が答えた。

「二千万くらいで足りるだろう。それに、銀行や土建屋には口をきいても良いと先生はいうだろう。俺も数百万なら出世払いということで出してもよいよ」

照江は、一瞬、きっとなった。

「やるのなら、真剣そのものでやります。銀行からちゃんと借りて、ちゃんと返します。体も心も一切賭けたつもりでやらなければ、こんなお話には乗れませんよ」

それが、照江のような女の「決断」の台詞だった。

こうして、ほぼ半年後、料亭照本は、氷川神社脇の路地裏を離れて、赤坂一つ木通りからコロンビア通りに抜ける細い道をかなり行った、静かな、めだたぬ場所の一軒屋に移ったのだった。

移るに当たって、照江は、仲居の弓子に頼んで赤坂神社にお参りし、移転の是非が吉と出るかどうか、おみくじを引いて貰った。

「大吉と出ました。ほれ、このとおり」

そう言って、弓子は引いたお札を照江と君江に見せた。

「大吉の一枚裏は大凶だからね。中吉くらいの方が良いんだけれどね」

照江は、弓子が、大吉の札が出るまでおみくじを引き続けたことを知っていたかのごとく平然とした口調でいったが、内心では、ほほ笑んでいることが、君江には見て取れた。

仏心

料亭照本が、コロンビア通りの近くに移転し、新装開店してから一年ほど経ったころ、浅田時代の問屋のご贔屓の客の一人が、四谷の裏手のかなり大きな料亭「福三」を経営する福井三蔵を連れて来た。福井は、でっぷりとし、顔もどちらかといえば丸顔で、全体に鷹揚な感じを与える人物だったが、相手を見る視線には、人の心を見透かすかのような鋭さがあった。

照江は、長年の勘でこれは良い客になるとふんだ。ただ、相手は料亭の主人だけに、照本の料理や仲居のしつけなどに、厳しい眼をむけるであろう。大いに批判してもらって、少しでも照本の格をあげよう、そう照江は心に決めた。

照江のサービスぶりと早口の口上が気に入ったのか、福三の主人は、短期間のうちに、照本の常客となった。

ある日、階段裏のトイレのところで福三の主人と偶然すれ違った今井は、二階に上がるや照江に聞いた。

「あれは、四谷の福三のおやじさんではないか」

「ええ、そうですが、ご存じの方ですか」

いぶかしげに照江が聞くと、今井は口早に説明しだした。

福三の主人は、官邸や警察関係者の間ではよく知られた人物だった。彼は、当時、週に一、二回小型トラックにガソリンの入った大きなドラム缶を乗せ、永田町や霞ヶ関周辺をぐるぐる回り、蔣介石総統の恩を忘れた政府当局は日華外交関係を断絶させた責任をとれと、プラカードを掲げマイクで叫んでいた男だった。

問題は、これ以上「中共に媚びるなら」、自分は抗議行動としてガソリンに火をつけて焼身自殺すると息巻いていることだった。

今井のオフィスからも小型トラックの声が聞こえることも稀ではなかった。

「そんなことをする人には見えませんがねえ」

照江は今井の話が信じられなかったが、今井が嘘や冗談を言うはずもなかった。

照江は、ある夜の宴会の後、そのころは既に、弓子や君江には、「福ちゃんのお座敷」などと呼ぶほどになっていた福三の主人に、にじりよってそれとなく問い質した。

「うちの店は結構、警察はじめ官庁関係のお客さまも多いんですけど、福井さんは、そういう方々とうちで行き会っても別に差し障りありませんわね」

照江の問いかけに、福井はピンときた。この女将は、誰か官庁筋から自分のことを聞いたのだろう。それならなまじいい加減にあしらわず、こっちのやっていることをきちんと女将に言っておこう、そう思った。

「ドラム缶にガソリンを入れて走り回っているとか、誰かが告げ口したのだろう。そんなことはどうでもよい。問題は、台湾への恩義を忘れるなということだ。あの戦争の後、蔣総統は、報復を言わずに、恩情を持って日本を扱えといってくれた。賠償も要求せず、日本兵の扱いもきちんとしてくれた。その恩義を日本は忘れてはならない。そこで自分は、報恩観音像を台湾に建てた」

そう言って福井は、台湾には恩義があると強調した。

「でも、それがどうして観音様と結び付くんですか」

照江には疑問だった。

「報復することを控えて、恩情を持って、いままでの敵にあたれという態度は、仏心じゃないか。それに感謝するのは、仏心に感謝する仏心といわねばなるまい」

そう言われて、口達者の照江も言葉少なになった。

仏心や信心――考えてみると、照江は、料亭の仲居、そして小料理屋の女将としてまっしぐらに生きてきた。神社にお参りしたり、浅草寺で手をあわすことはあっても、信心めいた感情を強く抱いたことはなかった。一日一日を必死に生きてきた照江には、信心は、贅沢に見えた。しかし、福井の話を聞いているうちに、照江は、ふと思った。自分は一体いままで何を信じてきただろうかと。そしてある日、照江は、わざわざ下町の仏具店へでかけ、二〇センチ程の木彫りの観音像を買い求めた。そして、福井が来る日には、その部屋の床の間に観音像を置くことにした。それは、照江にとってある種の免罪符のようなものだった。

この仏像がきっかけとなって、照江、福井、今井、そして土屋の間に目にみえないつながりができるとは、照江には全く思いもよらぬことだった。ことは、今井が照本で、福三の主人とすれ違ったことから始まった。今井は、土屋が警察関係者もいる宴席で、あの福三のおやじのガソリン入りドラム缶だけは勘弁してもらいたい、台湾、台湾と叫ぶのは結構だが、万一ガソリンに火をつけられて本人か誰かが大ケガでもしたら、政治的に大問題になる、警察に何とか取りしまれないかと何遍も言ってるが、ガソリンを運んでいるだけでは止められない、騒音防止条例にひっかかるほどの大声も出していない、それに、と、土屋は言うのだった。

「福三のおやじは、交通安全運動だの、暴力団対策などで警察から表彰されており、警察も強く出られないのだ」

と。

そんなことを小耳にはさんでいた照江は、ある日、福井に語りかけた。

「恩を忘れない、台湾を大事にするのは大切でしょう。でも、それだからと言って、ガソリンに火をつけて焼身自殺するとかしないとか騒ぎたてるのは、仏様から見ると、本末転倒じゃないかしら。祈りの心は静かにやるもので、火をつけたり、人様の迷惑になるようなことをするのはいかがなものでしょうか」

そんな趣旨を照江は述べた。福井は黙ったままだった。しかし、後で今井が照江にもらしたところでは、福三の主人の小型トラックからガソリンをいれたドラム缶が消えた。照江のお陰ですよと今井が土屋に耳打ちすると、土屋は、いずれ二人に御褒美をやろうと呟いた。二人とは、今井と照江の二人なのか、照江と福井の二人なのか、今井には判然としなかった。

照江と君江

あたらしい場所に移ってから年月が経ち、照本の従業員も、板場をのぞいて常時五名程にのぼるようになったことから、照江は、料亭の浅田以来つきあってきた君江を、いわば自分の右腕にすることにして給料もはずみ、店全体の「マネージャー」格にした。ある晩、福井が台湾のお客を招待する席があった。あらかじめ今日は大事なお客だと念を押されていたこともあって、君江が、福井の連れて来た台湾人の接待にあたった。

「料理はどうせ、いつも台湾で旨いものを食べているんだから、刺し身だけ吟味してくればよい。ただ何か、特別サービスを考えといてくれ」

福井からそう言われても、台湾からのお客の風体を見てからでないと、なんとも言えない、そう照江は思って、格別の準備はしなかった。客の台湾人は日本語も巧いということだったので、いざとなれば、自分の口八丁、手八丁でなんとかサービスする、そう照江は決めてかかっていた。

「高健東さんだ。漢方薬の製造元だよ」

福井にそう紹介され、客の顔を見た途端、照江ははっとした。相手の視線は、照江の顔ではなく、胸元から腰のあたりに、あたかもなめるように注がれていたからだ。

これでは、余興が必要だ。しかし、弓子ではどうにもならない。妙子にいまさら声をかけるわけにもいかない。さりとて自分が胸を開けるようなことはできない。そうだ、君江にあれをやってもらおう。そう照江は決心し、君江にボーナスを出すからと言って頼み込んだ。

食事の後、部屋の電気を消し、真っ暗やみのなかで君江にあるショーをやってもらうという趣向だった。

かなり上等なトロの刺し身に、イクラ飯が出た後、テーブルを横にどけて、君江が戸口の席を占領した。

「飲まないとこんなショーはできませんよ」

君江が、あまったるい声を出して酒をせがみ、福井がおちょこで注ごうとすると、君江は、とっくりと卓上の茶碗を自分で取り上げ、なみなみと酒を注ぐと一気に飲んだ。

「いけるね。いけるね」

高も立て続けに、二、三杯あおった。照江が電気を消す。

「イヤン、バカ。そこはほっぺたよ。イヤン、バカ。キスなら少し横」

そんな文句が、セントルイス・ブルースのメロディーにのって歌われる。そして、キスの後に軽いうめき声。

「イヤン、バカ。そこはオッパイよ。しゃぶるんなら、両方して」

だんだんうめき声が真に迫ってくる。そして、男の手が女の体の部位を次々と触ってゆく様子が、段々荒っぽくなる息遣いとうめき声とメロディーの三重奏のなかで演じられる。クライマックスの後、パッと電気がつく。君江の姿は消えている。

「ああ恥ずかしい。鼻の頭に汗かいちゃった」

そう言いながら戻って来てハンカチで顔を拭く君江に、高は、拍手、拍手と口で言いながら手を叩いた。

キャバレー勤めをしたこともあり、また、お座敷ストリップに近い経験もしたことのある君江は、着物の胸元を少し開けながら、福井の顔を盗み見た。

男は、冷笑しているようにも、また感心しているようにも見えた。

どこまで、この女は人前で自分を貶めることをやれるのか、どこまでやれるかを時折自分自らに試してみることで、自分のうちなる誇りを維持しようとしているのではないか――こんな女を自分専属で召し使ったらどうなるであろう――福井は心中自問していた。

「さあ、後は何をお飲みになりますか」

戻って来た照江が誰に聞くともなく聞いた。それからしばらく、どことなく静かになった部屋で高と福井はブランデーをすすった。うまくいくかもしれない――照江は、客の話に半分加わりながら、心のなかで君江のことを考えていた。

君江に本当にこの店に来てもらって気を入れて仕事をしてもらうには、君江の夢の実現に手を貸してやることが必要だ、そう照江は思っていた。

君江の夢――それは、小金を持った老年に近い男と所帯をもつか、事実上それに近い状態になることだった。いま時、妾だの二号はいやだ、でも、家政婦なみの扱いでもいいから、一生一緒になれればそれでよい、外に若い女をつくられようが、どうされようがかまわない、こちらは、何をされても尽くして尽くしぬく――そんなことを君江は照江に明かしたことがあった。

港があればそこにどんな船が入り込もうとかまわない、ただ自分をつなぎ止めてくれればそれでよい。君江は、過去の自分の経歴と体験から、相手の愛情や心情に重きをおいていなかった。ただ自分が尽くせる、尽くしたいと思える相手が欲しいのだった。

照江は、数年前に妻を亡くし、また、水商売の裏表をよく知っている福井に目をつけていた。君江を呼んだのはそうした思惑もあってのことだった。

仏心などと言いながら、他方で、淫らなことを見聞して憚らない福三のおやじ、そして、水商売に浸かった半生をおくりながら、男に尽くしぬきたいなどと、うぶな女のようなところのある君江――二人とも、台湾に似ているのかもしれない。片方で自分たちも中国人であると言いながら、片方では中国の一部には絶対ならないと言っている台湾のように、君江も福井も、どこか矛盾するものを心のなかに持っているのだろうか――福井とそのお客の話、別の席での今井の台湾談義など全てを頭のなかに詰め込んでいた照江は、ふとそう思うことがあった。

万引き騒ぎ

料亭照本で台湾にまつわる話が出たかと思うと、しばらくして、大陸中国のからむ事件が客同士で話し合われることになるとは、女将も誰も思いもしなかった。

その事件は、今井が、通産省の流通関連部署で仕事をしていたころ知り合った、スーパーチェーンの経営者の水木という男の話から始まったものだった。

水木は、創業者特有の豪放磊落なところがあり、体も大柄だったが、その一方であちこちに気をまわすところなどは、苦労人の面がみられる人物だった。今井はどこか水木と気が合い、時折晩の付き合いもする間柄だった。その水木から、ある日突然今井に電話があり、内々に相談したいことがあるから、水木のゆきつけの料亭で、しかも、聞けば今井もなじみの照本に来てくれないかという。水木の声にどこか緊迫した調子を感じ取った今井は、翌日の晩、照本へ出掛けた。

今井が一階の六畳の部屋に通されると、水木は既にビールを飲んでいた。

「おさきにやってますよ」

そういった後、水木は、今井が座るや否や、

「ちょっと事件がありましてね」

と言って、口早に話し出した。

事件とは、水木の経営するスーパーでの万引き事件、それも中国人を巻き込んだ事件だった。

水木の話は、いたく奇妙でもあり、また、どこか、いかにもありそうな話でもあった。

事件は、水木の経営するチェーン店の一つ、秋葉原のスーパーで起こった。

店員が、万引きをしている男を見つけた。濃紺のずだ袋にパンティストッキングを入れて持ち出そうとしているのだ。やんわり注意すると、男は、

「知らない」

と言い張る。

ところがレジを通っていないことは検査すればすぐ分かることだし、男の態度が横柄なので、店員は店長と相談した。そんなことをしているうちに、男は、意を決したように、

「自分は中国の貿易事務所の者で、不正なことはしていない。パンストは誰かが誤って入れたのだろう」

と主張する。

ところが、たまたま現場に、とある右翼団体の青年がおり、

「自分もこの男が万引きするのを見た」

と言い出し、騒ぎが大きくなった。

ちょうどその時、巡回中の警官が現れたため、中国人の男は一応警察に出頭し、とりあえず店側と男双方の言い分を聞いた。

「ところがですよ。その後が大変ですよ」

水木は、上半身を軽くゆすりながら言った。

「あれは、中国人を陥れるためのやらせだとか、根も葉もない中傷だといった抗議が、中国側ばかりではなく、日本人の、なんて言うのかな、あの、友好人士ですか、そういう人達が警察にのりこんできたというのですよ。なかには、相当ひどいのもあったらしい。警官がいたのは、そもそも中国人を尾行していたに違いなく、ファッショ警察だ、万引きは言い掛かりだなんて言う人もいたそうですよ。しかしですね。こちらは、店内のビデオの証拠もあるのですから。それに、店の手前もあれば、見ていたという右翼団体の青年のこともありますから、そう簡単にうやむやにはしたくなかったのですが、いろんな人から、たかがパンスト二、三枚のことで、中国とことを構えるのは今後のこともあるから良くないよと言われまして、結局被害届けは出さないことで、けりをつけることにしたのですよ」

「マスコミ対策はしたのですか」

肝心なことを今井が尋ねると、水木は、軽くうなずいた。その様子からみると、誰かが入れ知恵して動いたように今井には思えた。

「うちは、中国から繊維や食品を買い付けているし、それにいずれは現地にも進出しようかと思っているくらいですから、中国さんといざこざは起こしたくないこともありましてね」

かねてから、どこか突っぱねるような激しさを持つ男だと今井は水木のことをみていたが、いま困り果てている姿を前にして、水木にもどこか虚弱なところがあるのかもしれないと感じた。

「パンストの万引きとは……恋人にあげようとでも思ったのでしょうか。それにしても随分変な話ですね」

水木の横に座っていままで黙っていた君江が眼をかすかに細くして、考え深げに呟いた。

「それで、被害届を出さないことでうまく処理したわけですな。まあ、ものがパンストじゃね」

今井も半分冗談口調になって言った。

「それがですよ。右翼の団体が警察に電話して、万引きをうやむやにするのはおかしいとねじこんだのです。被害届がない以上介入できないというと、団体の方は自分たちには証人もいるから告発するというのだそうですよ。我々の店にも電話や手紙が来て、ことをうやむやにするなというのです。一方、その当の中国人ですが、洪水の洪の字でコウ某というのですが、日本の関係者、それも政界や財界に知っている人が多いようで、将来のある人だからことを荒立てないで処理したらよいなどと言ってくる人もありましてね」

「ええっ」

お酌の手をとめて君江が軽い叫び声をあげた。

「コウさんって。あの背を少し丸くして歩く中国人、日本語の上手な……」

「日本語の巧いのは事実さ。それがそもそも事件の因の一つなんだ。中国語か何かで店員とやりあってくれれば、すぐ外国人と分かって、こちらだってそうきつく追及しなかったかもしれないんだがね。なにしろ巧い日本語で横柄にやられたものだから店の者もあとにひけなくなったのだろうね」

「コウさんなら、二度ほどここでご一緒したことがありましたよ。この間いらした時など、女将が挨拶したら、女将さんはきれいだねなんてお世辞を言って盃をあげたりして。日本人そっくりの調子で、随分さばけた方でしたよ」

君江の声はどこかせかされているような調子で、ややかん高かったが、うるさくは感じられなかった。君江独特の言葉の調子には男の会話に釣られてゆくような声色がこもっていた。

「困り果てて警察庁の外事課を訪ねて相談したんですよ。ちょっと顔見知りの人もいたものですからね。そしたら、奥の手があるというんですよ。この事件にかかわっている右翼団体は、台湾との関係も深く、四谷の料亭福三の主人の福井さんもなにやかやと援助しているんだそうで、福三の主人から一言いってもらえば、黙るだろう、と言うんですよ」

そう言った水木は、少し腰を浮かすと、

「今井さん、貴方は福井さんをよくご存じだそうですね」

と聞く。

今井が、軽くうなずくと、水木は、自分が一席もつから、福井を連れてきて紹介してもらえないかと言う。

君江は、話が佳境に入るにつれて、長年の経験からくる勘で、客同士の会話にある種の間をおこうとしたのか、一見話されている話題とは関係ないような事柄を話し出した。

「何にもない、貧しい国から来た人が、この日本の豊かさの前で、何にも感じなかったらおかしいですよ。貧しければ、貧しいだけ、パンストの一つや二つちょっと失敬したからって、どうってことはないじゃない、そんな気持ちになるのじゃないですか」

君江は、ビールのおかわりを頼むために立ち上がって、そのたっぷりとした腰回りを、客に見せるでもなく見せながら、なんとなくしんみりとした口調で付け加えた。

「貧乏人はね、他人様からみれば、何であんな馬鹿なことをするのかと言われるようなことだってやらなくちゃ、生きていけなくなるのよ」

君江の言葉は痛烈だった。昏のふっくらとした感じをのぞけば、きついと言っても良いようなタイプの、どう見ても水商売に慣れた女の君江が、貧しさなどという、作家のような言葉をはくのに今井は驚いた。こういう女を雇っているのは、照江の才覚だ、今井はそう思った。水木も、君江と話しているうちに、洪に対する感情的しこりを残さずに万引き事件を穏便にすませることができるかもしれないと、ふと思うのだった。

そして、それから約一週間の後、今井と水木と福井の会合が照本で行われた。君江からことのいきさつを聞いていた照江は、ほぼずっと三人の会合に付き合ったのみか、女将特有の気の回し方をして、わざと二階の広間に屏風をもちこみ、ゆったりとした気分になれるように取り計らった。密談は、むしろ密談だからこそ、狭い部屋でやるべきではないというのが女将の信念だった。屏風の裏には、古道具屋から借りてきた、こぶりの棚をもちこんで、次の間風の雰囲気を出した。棚には、幾つかの漆器の置物と、いつぞや照江自身が買い求めた小さな観音像を飾った。

今井からあらかじめ福井には、万引き事件の概要は伝えてあったことから、水木が、右翼団体の告発をなんとか止めたいと思っていると述べると、福井は、さもありなんという顔で聞いていた。

「しかし、本当に万引きしたとなると、告発云々の前に中国さん側が、謝罪か迷惑料を払うとか、何かするのが筋じゃありませんかな」

「いや、先ほども言いましたが中国側は万引きの事実は認めていません。何か誤解だといっています。それで問題がこじれているわけです」

今井が、水木に代わって返答した。

「実は、万引きしたとされている洪書記官ですが、早稲田で勉強したこともある日本通で、友人も多いようです。その人の将来もあるし、何とか穏便に処理しようというわけで、水木社長の方も、政府当局もそうしようとしているのです。なんとかその右翼、いや、その勇ましい団体さんに、告発だけはやめるよう福井社長からそれとなく働きかけていただけないものでしょうか。その場合、理屈としては、パンストは中国の友人へのプレゼントのつもりだったそうで、代金は後でうまく清算されましたし、共産主義社会を柔らかくしてゆくためにはこんなことも役にたつともいえましょう」

水木と今井は、こもごも、そんなことを口にした。しかし、福井は、

「共産主義を腐敗させることに手を貸せというのは商売人の理屈ではありませんな」

と手厳しく言った。

「大体、相手が中国となると、急に低姿勢になったり、その反対に居丈高になる人が多いのは困りものですね。ここはやはり筋をたて、白黒をはっきりさせたらよいではないですか」

正論をはく福井の前に水木はもとより、今井もたじたじだった。

隣に座っていた照江は、突然、立ち上がると、屛風の裏へ回り、手に小さな観音像を持って戻って来た。そして、福井の顔を真っすぐ見つめて言った。

「福井さん、被害者のお店の主人は、もう問題にしない、被害届も出さないと言っているのに、第三者が告発するというのはどうしてなのですか。白黒をはっきりさせるためと言いますが、何のためにはっきりさせるのですか。そこには何か、無理な理屈、下心があるのでは

ないですか。関係者皆を困らせようという魂胆ではないのですか。それじゃ、万引きした人とあいこですよ。男なら、ここは、白も黒も飲み込んで大きく構えるのが本当ではないですか。そもそも、敵に恩義をかける大きな心とか福井さん自身おっしゃっていたじゃないですか」

そう言いながら、照江は、福井の方に観音像を差し出した。福井は、眉をつりあげて、女将の顔を凝視した。数秒の沈黙。そして、それが、福三の主人の気持ちを変えた。

「まあ、あまりはりきるなとでも言っておきましょう」

福井は苦笑いを頬にうかべながら今井に向かって言った。

権力をしゃぶる女

照本が、今井と福井と水木の三名を結ぶ場所となり、そこに照江が加わることによって小さなドラマが展開したように、照江の料亭は、また、今井と土屋と白山の三名を結ぶ舞台となったが、そこでは、白山が主役だった。しかし、ここでもやはり、女将と白山が親しい間柄になるには、きっかけが必要だった。

その契機となったのは、ある日の土屋の席だった。土屋は、北朝鮮との貿易に関連して、ある大手商社のダミー会社の社長から白山を紹介して欲しいと頼まれ、ほかの案件も重なって、その社長と白山との夜の会合を設けた。

「どうもこの店はなんとなく取っ付きにくいところがあって」

と、白山は、どこか他人行儀の口調で土屋に問いかけた。

「新装すると、はりきりますから。でも女将は先生もご存じの通り、いつも、さばけてるでしょう」

そう言って、土屋は、白山の隣に座った照江に顔を向けた。

それから料理の出る間、照江は、ずっと白山の横に居座り、なにかとおしゃべりを続け、ほかの部屋には行かなかった。

白山と二人だけの話があると言って土屋が照江を遠ざけたのは、ものの二十分間ほどで、照江が戻ってみると、白山はかなり酔っていたが、

「土屋とはどんな男と思うか」

などと照江に詰め寄り、あげくの果てに、風呂に入りたいと言い出した。照江は三階の自分の寝室を急いで片付け、風呂を入れた。土屋は、別席の約束もあるからと、先に帰った。長年の勘で、白山が風呂に入ったのは、照江と二人でゆっくりしたいからだろうと見抜き、早めに気を利かしたつもりであった。案の定、白山は照江を離さなかった。そして、おきまりのように、照江の過去を尋ねた。照江は下をむきながら何か遠い過去のことを話すような口調で、料亭浅田の仲居だったことから始めて、自分の経歴を、いつもの明るい調子で語った。そこには、一見、女らしい一種のはにかみをわざと含ませながらも、世間で著名な男の気を引いたことをどこかで誇りたいような、奇妙な見栄が交ざっていた。その日はそれですんだ。しかし照江は義理堅く白山と自分との関係を、土屋に話した。

「二回目の時は、白山先生もお一人で、と言っても、始めは勿論秘書さんと一緒ですけど、一人でふらりといらして、一階の四畳半にお通ししたんですよ。なにか、小さな部屋が良いっておっしゃったもんだから。そうしたら、浴衣に着替えて、肩と腰を揉んでくれっておっしゃるんですよ。ゆっくりと、そう、三十分もお揉みしたかしら。ああ、気持ち良かっ

たって……。だいたい、私、申し上げたんですよ。お腰や肩をお揉みするならマッサージ師をお呼びしましょうって。ところがどう言うんでしょう。女将に揉んでもらいたいって言われるんですよ。私、もっとも、あんまは昔から得意な方でしょ。そう、とにかく、揉んでさしあげたんですよ。その後ポンと封筒を畳の上になげて、これ、とっとけ、きょうの勘定だ、これからも時々来るからと言って。後で開けたら封筒には百万円入ってました」

その日、照江から土屋が聞いたのは、その辺りまでだった。

土屋を相手に、白山のことを語る時の照江の言葉には、土屋に対するある種のあてつけ、それも、いっぺん照江と男女の関係を持ってから、二人が逆にそれぞれの考えから再び関係を持つのを控えながら、女将とパトロンの関係を続けていることに対する、一種の軽いいらだちがあるように土屋には思えた。それだけに、ある時、今井が仕事のことで土屋の私宅に電話をいれ、なにかの拍子で白山のことが話に出た時、

「あの女将と白山の関係を本当に知っているのか」

と土屋は小言でも言うような調子でなじった。

「あの女将はなあ、もう白山の女なんだ。あの女将はな、権力をな、しゃぶったんだそうだ。政界で一、二をあらそう実力者の力の源泉をしゃぶれといわれて、しゃぶったんだそうだ。そうしてみるとな、日本国中の権力を自分の体のなかに取り込んだような、ものすごい興奮を覚えたんだそうだ」

だそうだ、だそうだ、とくりかえす土屋の言葉には、自分自身と照江の距離を客観的に遠いものにおくことによって、逆に、白山と照江との関係に真実味をあたえ、それによって、聞く者にある種のショックを与えようとする、残酷さがあった。そう言われても、あの照江が、いまや六十を越えた男の言うなりに激しい行為に及び、それを、いくら昔からのなじみとは言っても、土屋に打ち明けたとは、一体何を意味するのであろうか、と今井は不思議に思った。

「要するにな」

今井の思いをふきとばすように、土屋の声が、また響いた。

「要するに、あの女はいまや、権力にとりいるためならなんでもする、店の売上とか評判のためじゃないんだ。あの女の意地だ。どこまでいけるかやってみようというやつだ。それであの店に妙な評判が立って、やりにくくなっても構いやしないって、腹をきめたんだろう。それも、今井君、君が女将に冷たくしたからだろう」

土屋は、まくしたてた。電話を切った後も、土屋の重く、それでいて、どこかヒステリックな響きのする声が、いつまでも今井の耳に残った。

それから数ケ月後、白山の秘書が、昼時に突然照本に現れ、女将を呼んで欲しいと言い、照江が一階の四畳半で応対すると、やおら持ち込んでいたスーツケースを指し、白山からのたっての願いだとして、

「これを、女将に個人的に預かってもらいたい。鍵は番号で閉めることになっており、いま閉まっているが、今度白山が来た時、女将に直接数字を教えるから、という伝言です」

と、低い声で言う。

「中身は腐ったりするものじゃないでしょうね」

照江が聞く。

「中身のことは聞いていませんが、女将の寝台の下にでも、とか先生は冗談を言っていましたし、重さからいっても先生得意の収集の骨董の類いでしょう」

秘書は、何遍か宴席で白山に付き添って照本に来ていただけに、気安く言った。

分かりましたとだけ照江は言って、白山の秘書が帰った後、自分で、スーツケースを三階まで運んだ。ずっしりと重い。

衣装箪笥の横、自分の旅行用の赤いスーツケースの隣に何とか押し込んでみたが、黒い色が何となく不気味に見えた。

スーツケースの中身が分かったのは、それから一週間ほど後、白山が照本で小会合を開き、その後、三階で風呂に入り、照江がマッサージをした時だった。

肩から背中、そして腰。突然、男は女の右手首をつかむと、

「番号は五六〇。白山五郎の五郎と覚えりゃいい。百万は保管料にやるから」

と囁いた。

照江はハッとした。つい数日前、美容院で見た週刊誌に、建設会社の脱税問題とからんで、白山の名前が載っていたのを思い出したのだった。

その夜、照江はスーツケースを開けた。

五六〇。番号は合っていた。

中は札束だった。ざっと数えて七、八千万円はありそうだった。スーツケースを閉めながら、照江は、脱税事件の片棒をかついだといわれて、警察沙汰になるのは勘弁してもらいたい、さりとて、開けて見たが、現ナマはあずかれないとは、今更白山には言えないと思った。

数日後、会食に来た土屋を照江は三階の自分の居室へ誘い、白山からの依頼と黒いスーツケースの取り扱いを相談した。

「物は現金だろう」

照江がスーツケースの中身に触れる前に、土屋は呟いた。

「多分そうでしょうね」

照江は、自分が中身を見たとははっきり言わない。

「照本に置いておくのなら、床下というわけにはいくまい。天井裏などあるのか」

「三階が天井裏みたいなものですからね」

「女将の住まいの片隅に置いておいて、万一盗まれでもすると、後が大変だ。そういえば……」

土屋は、女将が使い古してもうほとんど壊れたも同然の三味線を持っていることを知っていた。

「幾つかに小分けにするんだな。一部はあの、もう使わない三味線の胴のなかに入れるとか」

「そんなことするくらいなら、古いギターでも手にいれて胴に入れておく方が良いわ」

話が進むにつれて、二人ともスーツケースの中身は現金であることをお互いが当然視していることに気が付き、苦笑しあった。

そして、その夜、照江は、スーツケースを開け、半分ほど百万円の札束を取り出すと、使い古しの羽布団の一部をほどき、布団のなかに札束を突っ込んだ。そして、その晩その羽布団を被って寝た。翌朝目覚めた時、照江は、マリリン・モンローが、自分が全裸で寝ていることを風刺して、シャネルナンバーファイブをつけて寝ていると豪語していたことを思い出していた。これで五千万円程の布団で寝る女になったのか――照江は鏡の前で化粧しながらそう心のなかで呟いた。

このことがあって以来、白山は、照本の店の隅々に気をまわし出した。あたかも、客の立場から見れば、東京赤坂のこうした種類の店は、しかじかであるべきといった考えを持っているかのように見える程だった。

たとえば、白山はトイレに口を出した。階段の横にあるトイレに前からあった、青磁色の大きな花瓶を斜めに切ったような便器は、中途半端だと批判し、思い切って東陶製のモダーンな電気式のトイレに変えるよう文句をつけた。照江は、もともと、昨今は、女性からみても快適なトイレでないと料理屋の評判はおちる、女性客はトイレにうるさいから改造しなければ、と思っていただけに、地下の倉庫を改造してバーを作り「クラブ純」と名付けるのと平行してトイレも新装し、白山には、先生の言い付け通りにしました、と報告した。

白山には、周囲の評判に用心深いところがあり、照江に対して、第三者には自分の名前はできるだけ本名で言うな、Sさんとか、オヤジさんとかにしておけと再三念を押した。それは、誰かが廊下や玄関で、仲居や女将の声を聞いて、無用の憶測を生まないようにという配慮もさることながら、一種の偽名を使わせることに、かすかなスリルを覚えていたからだった。

照江は、また別の意味で、それを歓迎した。

いつもは、政界人のことであろうと構わずに、開けっ広げに話すことの多い照江だったが、それだけに、白山に限っては本名を言わず、隠語めいた、S先生などという言い方をすることによって、ある種の験を担ぐつもりだった。

「あの先生の本名をここで口にしたら、なんだか、来てもらえなくなるんじゃないかっていう、なんて言うのかしら、験と言うか、おまじないと言うか、そんな気がしてるんですよ。第一、はじめに自民党のS氏なんていう言葉を使ったのは、今井さん、貴方ですよ」

そう照江は今井に言ったことがあった。

もともと照江には、芸者衆ほどではないが、それでも下町出身の水商売の女らしく、相当験を担ぐところがあった。一度などは、店の玄関の横に置いてある、小さい塩の山を、通りがかりの犬が足でひっかけたのは縁起がわるいと、その日は塩をすっかりとりかえただけでなく、わざわざ弓子を赤坂神社まで走らせて、厄払いのお祈りをさせたりしたこともあった程だった。

けれども白山は、照江にとって、何かのお守りであり、厄除けのようなもののように見えながら、同時に、時として、何か面倒なことを持ち込む疫病神のようにも思えるのだった。

札束を入れたカバンはその印とも見えた。

もう一つの世界

白山の世界に表と裏があり、双方が実は微妙に一体化しているように、料亭照本にも、表と裏の二つの世界ができつつあった。それは、照江が、地下の倉庫を改造してバーをつくり、赤坂の美容院で知り合った、キャバレーのホステスあがりの純子をマダムに雇い、クラブ純と名付けて、営業しだしたからだった。

「めしの後、一杯飲めるバーに行きたいと思っても、ここから、別のところに移るのは億劫だし、さりとて、いままでいた同じ座敷でブランデーだのウイスキーだの飲んでも面白くない。照本の隣近所は下宿屋みたいな小さな家ばかりで、しゃれたバーの一つもないしな」

今井がよく口にする台詞だった。

言い方は違うが、土屋も同じような不平を照江に言うことがあった。

確かに、赤坂の一流料亭では、玄関脇や地下、あるいは、近くの別の建物に専属のバーを営業する店が増えつつあった。

「うちも一流なみになろう」

そう照江も思ったが、独立採算がとれる見込みもないのに……との思いもあって、一時は躊躇していた。それが、白山の小言に発した、トイレの改修などと相前後してバーをつくった背景には、白山や土屋がよく同道して照本を訪れる秘書方の処遇の問題があった。時として三階の照江の居室や、空いている部屋をいわば待合室に供することもあったが、そこでの待遇とその費用はどうするのかなどいちいち気を遣わねばならず、バーでもあって、簡単な一品料理に酒を出して別会計にすれば便利だ——そう照江も考えた。

照本の仲居とは違って、いつも軽い洋装で快活に、現代風に振る舞う純子は、カラオケも上手で、芸者の入らない照本では、クラブ純の付加価値は大きかった。

「ここは、上の照本から流れてくるお客さんは九時半ごろまで。後は、独自のお客さんに来て貰うの」

クラブ純のママは女将の前でもよくそんな台詞を吐いた。

そのうち、クラブの客筋が固まってきた。議員の秘書、役所の若手で、料亭に人様を接待する上司に書類や緊急の仕事をもちこむ者、加えて、照本での接待の決算事務を行う会計、庶務の責任者などが、一つの大きな集団をなしていた。

かれらは、カラオケとドリンクを楽しみ、加えて、時たま上からおりてくる女将、君江、弓子などの着物姿をかいま見、一言二言話しをして、上の様子を想像することにある種の快楽感を覚えるのだった。

「うちの先生も困ったものだ。この間選挙区から上京した連中を銀座のバーなどに連れてゆくもんだから、高くついて」

などと、なかには純子や、次第に上と半々で常勤に近くなってきた妙子にからむ者もでる程だった。

純子は、階上の照本に来る客とは違った種類の人達の集団心理をよく捉えた。

「夢は夜ひらく」「夢追い酒」など、夢を冠した歌をカラオケで毎日のように純子は歌った。それがクラブ純の歌であるかのように振る舞った。

そのうち、純子の知り合いのギター弾きに週二、三回来て貰い、それにつれて、音楽家や文学青年めいた連中が、時たま訪れるようになった。

クラブ純に来る人々にもそれなりの野心はあった。それは純子も客たちと話しているうちに感じたところだった。しかし、それは、上の照本に出入りする人々の野心とは違っていた。

純子が照本の世界の内とも外ともいえる世界に生きているように、クラブ純の客の多くは、自分たちのボスと半分同じ世界に生きながら、半分違った世界に住んでいた。それが、純子と客たちを結び付け、同時に、純子の照江に対する誇りでもあった。

クラブ純は、照江の当初の思いとは違い、照本と違うもう一つの世界となっていった。

「俺たちは裏方だ。なかには表街道にでる奴もいる。けれど、多くはこの世界にとどまる。何せ、裏をよく知ると、裏に生きることのスリルも知るから」

土屋の秘書のKは、ハイボールを飲みながら、カウンターの後ろで、ほほ笑んでいるママに、よくそんな台詞を吐いた。

そんな台詞を聞くと、純子はよく呟いた。

「表の世界が崩れても、裏の世界は生き残るのよ。それだけ、裏の世界の方が強靭なのよ」

クラブ純をつくった照本の女将は、実は裏の世界から遠ざかりつつあった。

傷痕

照本にクラブ純がつくられ、言ってみれば、表と裏の二つの照本ができ、そこに、また二つの世界があったように、照江のなかでは現在のはりきった生活の輝きと、貧苦と難儀に満ちた下働きや仲居時代の陰影という二つの世界が、微妙に相重なって存在していた。そのことが、照江をして、自らも意外に思うような行動に走らせることもあった。

そんな照江の振る舞いが見られたのは、今井と土屋がからんだ、対外交渉の舞台でのことだった。

今井はある交渉案件で悩んでいた。折から韓国への大掛かりな円借款案件について、借款対象の工場の製造品が、表向きは普通の、すなわち汎用性のある製品とされているが、実のところは、軍需品であるとの噂があり、担当者は否定しているものの、大統領府がからんでおり、真相はよく分からない、というのだ。

加えてこの案件は日本でも、土屋議員、そして白山と思われる自民党の重鎮が関心を持っているとされ、あまり時間稼ぎをできない事情があった。

そうこうするうちに、今井のためらいを聞き及んだ土屋は、日韓議員連盟にも関係していたため、韓国大統領の陰の側近といわれる、軍人出身の権議員を日本に招待し、白山と会わせ、内々に決着をつけることを考えた。

　すなわち、韓国政府から、この案件は軍需品の生産とは関係ないという何らかの文書をもらう、それと引き換えに、円借款供与を前向きに検討するという文書を日本側から発する。その上で、事務的に淡々と円借款交渉をすすめる。工場の完成後、そこの製品が、仮に軍需品として用いられても、日本側は、あくまで、汎用性のある製品がたまたま軍事的目的に使われたものと理解するとの立場をとる――そういった、いわば政治的取引を、白山の前で土屋と権とが取り交わすことによって、事態を前に進めようという構想であった。まず、土屋が、日韓議連の関係者を通じて権議員にアプローチし、表向きは、日韓議連の招待ということで、権の来日を求めた。権の在日中の世話は、白山の事務所が担当した。そして、白山、土屋、今井の三人が、照本で権と会うことになった。

　今井はきめられた時間より相当早く照本へでかけた。行ってみると、たった四人の席だというのに、十五畳もあろうかと思う部屋を煌々と明るく照らし、入り口のところに金屏風がたててある。金屏風の反対側の壁ぎわには、新進気鋭の日本画家の槙某氏の作ではないかと見られる、蝶と花をあしらった白地の屏風が、これみよがしにおいてある。天井はみごとな桧で、まんなかあたりだけが、白っぽい、春の空をおもわせるような薄い青色の化粧板が使ってあり、それが、光線をうけて、角度によっては銀河のようにも見える。今井は、こんな部屋が照本にあるのかと驚いて、立ったまま部屋中を見回していると、照江が入って来た。

「今井さんが、とにかく今夜は豪華な部屋に客を入れろとおっしゃるものですから。でも、四人さんに、大きな部屋をそのままでは、いくらなんでも落ち着かないですからね、屏風を立てましたの。それはそれとして、どう、今井さん、この部屋。すっかり改装したんですよ。京都の清水先生の設計で。床の間の絵は、加山先生。あの棚においてある蒔絵の箱は熊谷先生のものですの。天井の桧だけでも大変でした。でも、ほめてくださる？　うちも、大物がいらっしゃるようになったので、少し高級感を出そうと思って、奮発したんですよ。豪華な部屋が一つくらいないと党のほら、派閥の会合か何かの時、困るんですよ」

照江は、誇らしげに、それでいてどこか不安げに言った。

やがて、

「お越しになりました」

弓子の、しゃがれた声とともに、がっちりした体格をした、顔の浅黒い、精悍そうな人物が、部屋に入って来た。

「権先生ですか。土屋議員と懇意にしている今井です」

と、今井は自己紹介しながら床の間の方の席をすすめると、

「権千相です」

と言いながら、内ポケットから名刺を出して今井に丁寧な物腰で差し出した。

今井は、手短に自分と土屋、土屋と白山の関係を話した。権は、途中で一回、

「分かりました」

と日本語で言っただけで、後は黙ったままだ。全体に軍人出身者らしい、ある種のきちんとした、律義な感じがみなぎっている。それでいて、あまり堅苦しさを感じさせないのは、時折体を軽く左右にゆする動作や、ひとなつっこそうな眼の動きのせいかもしれなかった。広い部屋だけに、足を下に伸ばせる、掘りごたつ式にはなっておらず、権もどこか窮屈そうに見える。

「足を伸ばせないで、申し訳ない」

と今井が言うと、権は、

「いやいや、あぐらはよい。正座は大変で、三十分ももたない」

と言って苦笑した。

「ほんとに、足を伸ばせないですみません。でも、この部屋が当店では一番良いお部屋なんです」

弓子と一緒に来ながら、いままで様子をうかがうように静かにしていた照江が、初めて口をはさんだ。

「土屋先生たちは少し遅れるってご伝言がありましたけど、お始めになりますか」

当店などという、よそいきの言葉を吐いた照江が、いつにも似合わず細く、高い声で聞く

と、権氏は、喉がかわいたのでビールでも貰おうかと言う。

そのうちに、権氏の上手な日本語の話になり、学校時代のことが話題となった。

いけない、過去の話に深入りするといけない――そう今井は思って話題を変えようとしたが、照江は、身を乗り出すようにして、

「さぞ学校では優秀な生徒さんだったのでしょうね」

と問いかけた。

「とにかく、日本語をしゃべらないとしかられましたからね」

権は、軽く笑いながら言った。

「ある時、そう四年生ぐらいの時でした。教室でうっかり韓国語で話しているところを先生に見つかってしまって。教室の外に二時間もたたされましたよ」

「それだけじゃない」

と、権は、やや口調を変えながら付け加えた。

「同級生のなかで日本名に変えた子を、韓国名で呼んでいたら、こっぴどくやられたよ。体育の教師には竹刀でぶたれた。打ち所も悪かったのだろうね、いまでもアザになってるよ」

急にややぞんざいになった口調で、権は照江の顔を直視しながら語った。

「アザですって。まさかねー」

照江の、まさかねーは、酷いことをするわね、という気持ちで言ったものに違いなかった

が、権はむしろ、文字通り、信じられぬと言われたと思ったのか、顔をしかめた。

「見せてやってもいいぞ」

権がやや挑戦的口調で言うと、照江は、持ち前の勘で、ここは見せてもらったほうが収まりがよいと思ったのか、是非見せてくれとせがんだ。

権は、いかにも軍人らしく、さっと上着を取り、白いワイシャツをめくり、体を回して背中を照江に見せた。

やや黒ずんだ紫色の線ともアザとも見える傷痕が、背中の真ん中に見えた。

権の手を払いのけるようにして、男のシャツを手でおさえた照江は、数秒間じっとアザを見ていたが、さっと口を近づけると、アザに唇をおしつけた。

やがて、照江は、右の人差指で口紅の跡を拭い、ついで、テーブルの上にあったおしぼりで、権の背中を拭いた。

権は、その間微動だにせず、目をとじていた。

「今まで何遍か日本人に傷を見せたけれど、いつも、皆怖いものでも見るかのように、黙っていた。ここの女将さんのように、傷に触った人は初めてだ」

権の言葉にさそわれたように、照江は権の上着を男の肩にかけた。権はゆっくりと右手で、照子の肩を軽く抱いた。その様子は、あたかも、過去の傷痕を自分自身があらためているかのように、今井には感じられた。

しかし、権はすぐ手をはなし、すばやくワイシャツをズボンに差し込んだ。途端に唐紙がガラッと開いた。

「おお、遅くなってすまん」

ダミ声とともに白山のずんぐりとした体が、現れた。

土屋が紹介する暇もなく、いきなり白山は、権に親しげに話しかけ出した。土屋のこと、権と親しい旧陸軍の参謀の話などが始まる。今井は、ころあいを見計らって、別室に退いた。

小さな四畳半で今井が料理を食べていると、君江が、黒塗りのお盆を持って現れた。

「今日は私で勘弁してくださいね。女将さんはちょっと訳があってしばらく来られないんですよ。でも、後で、バーでお待ちしているって」

君江は、いままで今井が隣で照江と一緒だったことを知らないふりをしているのかのような口ぶりだった。くだけた宴席の後、暗がりの部屋でセントルイス・ブルースのメロディーを口ずさみながら、女の興奮した声色の芸を披露していた君江のことを今井は思い出していた。

いまの君江は、少し全体が丸みをおびた感じで、顔も、一種の媚びをふくんだ表情はなく、自然な、中年女のくだけた明るさが目立つ。化粧もこころなしかこの日は軽めになっているように見えた。眼などは、かつてのキャバレー勤めのせいか、はじめて今井が出会ったころは、相当アイシャドウが強かったが、いまはちょっとおしゃれの主婦程度にしか感じられない。

「弓子さんが結婚するんですよ。特別そうしたいわけでもないし、相手の人も中小企業のサラリーマンで、弓子に首ったけってわけでもないらしいんですよ。でも、そこの会社の社長さんがこのお店に時々くるお客さんだものだから、弓子は良いお嫁さんになるってきかないんですって。弓子さんも、ちょうどこのお店をやめようかと思っていたところだったから……」

君江は、手際良くビールを注いだり、つがれたビールに軽く口をつけたりしながら、いきおいこんだ調子でしゃべった。

「君はどうしたの。福三のご主人と結婚しないの」

目をわざと下に落として、君江が話しやすいように、今井はことさら気軽な調子で聞いた。

「結婚はやっぱりだめ。息子さん夫婦がどうしても認めないんですよ。でも、先週ようやく、身の回りの世話をすることで住み込むのなら良いってことになったんですの」

息子夫婦の思惑だの、福三の店の従業員の話だの、右に行き、左に走る君江の話を総合すると、福三の主人は、新宿の有名な本店とは別の建物を、遺産として君江にやるという遺言を書き、それを、息子夫婦もみとめたのだと言う。その代わり、君江には、店のことについて口をはさむのはご法度にし、しかも、正式の結婚は認めないというのだ。

「それで、別に不満はありませんわ。あんな大きな料亭の女将に居座るつもりなんかありませんし、第一、福さんは、あら、いやだ、今井さんの前で福さんなんて、いつも呼んでる名前を使っちゃったわ。その、福さんだって、正式の奥さんを迎えたとなったら、親戚にも一応紹介しなけりゃならないし、同業の旦那衆だってあるでしょう。私は、そういうこと良く分かるんですよ」

君江は、時にはぽつぽつと、時にはせいたような調子で話を続けた。

「要するに、一種の妾のような状態で良いってことなの」

……今井は、口まで出かかった問いを、ぐっと飲み込んでいると、君江は、何かを察したのか、

「この年になって変だと言われるかもしれないけれど……それに、こんな、水商売をしてきて……と言われるかもしれないけど、一緒に住むことになったら、もう尽くして、尽くして、尽くしぬくつもり。お金のためじゃないのよ。セックスでも、もちろんないことよ」

そう言った君江の目は、なぜかきらりと光った。かつて、福三の主人の話が、警察関係者と今井が飲んでいる時に出て、その際誰かが、あのおやじは、えらく信心深い一方で、相当な変態だ、老人性変態だと言っていたことが、ふと今井の頭をかすめた。君江はそんな男に、男の弱さと哀れさを感じ、おふくろにでもなったような気持ちで世話をし、それによって、キャバレーから料亭まで、水商売の裏表を渡ってきた中年女の、意地と反逆と、そしてそうすることによって、誇りと生活の安定の双方をとりもどそうとしているのかもしれなかった。

そして、その晩、君江は、照江のことを以前と同様激賞しながらも、女将さんは変わったと何遍も今井に呟いた。どこが変わったのかと聞くと、はっきりとは言わない。しかし、君江の話を聞いているうちに、照江が、空前の店の繁盛と、政党、中央官庁、県庁の東京事務所など、安定したお客、それもかなり一流どころを捕まえて、赤坂の料亭仲間でも評判になりつつあることが、かえって女将をどこかで不安にし、いままでとは違って、従業員と気楽に相談したりする時間も少なくなって、政治家のパーティにでたり、著名人の事務所を回ったりしているうちに、それらの人々の社会の縁の方に自分が座っているような気持ちになっているのだと言う。しかも、照江はこのごろ、やれレーザーディスクだ、パソコンだと騒ぎだして板場の人たちとひと悶着を起こしたり、下のバーに、モダンな雰囲気をいれるのだと、若いギター弾きをアルバイトで雇った純子とそのギター弾きとの関係を、執拗に聞きただして、純子と衝突したりしているという。

「女将さんは、あんなに落ち着いた様子をしているけど、実のところは、心の奥底で、自分の分からないところで、とても不安なんですよ。このお店だって、女将さんがもともと思っていた以上のものになってしまったのじゃないですか。それに、女将さんには、いつまでも、なんていうのかしら、下積みの人と自分は一緒であって、偉い人たちにはどこか反抗する、それでいて、偉い人たちにあこがれるし、そういう人と付き合いたい、関係を持ちたいっていう、何か矛盾した執念のようなものがあるのですよ」

君江は、自分の将来像がともかくも形をとり、目の前に見えて来ているせいか、いつになく、冷静に、そしてどこか同情心を持って、照江のことを語るのだった。ひょっとすると、いわば日陰の愛人関係と半ば同然とはいっても、ひとりの男と、とうとう生活を共にし、ある種の理解と愛情のなかに生きようとしている君江は、所詮たった一人の生活をしいられ、それを生き抜いている照江に深い、哀れみを覚えたのかもしれなかった。今井にはそう思えるほど、君江の言葉には、刺のない、真実が含まれているように見えた。

「でも、考えてみると、私たち従業員は一種のサラリーマンですよね。女将さんだけが社長で、創業者で、資本家なんですよね。弓さんがサラリーマンと結婚するのも当たり前といえば当たり前ですわね。水商売なんて言うとなんか独特の響きがあるけれど、照本という名前の会社の社員というのかアルバイトというのか、従業員と思えば、別に特殊でもなんでもないんですよ。私の場合だって、昔なら、お妾さんみたいにおもわれたかもしれないけれど、ちゃんと経済的援助ももらって住み込んで、老人の世話をするんですから、その世話のなかに、個人的なものとか愛情とかが入ってきたって別に悪いことはないわけですし……」

小さな部屋で、壁一つ隔てた隣室の様子をそれとなく気にしながら、今井が君江の話に耳をかたむけていると、いきなり、がらっと障子があいて、照江が顔を出した。

「韓国のお客様はお帰りになりました。大使館の方が迎えに来られて。先生が今井さんを呼んでおられますの」

今井が座っている所から見ると、背の低い照江の胸のあたりが、いっそう膨らんで見える。着物の紅葉の模様に目をやりながら、今井は立ち上がって、隣の部屋に向かった。

「ご苦労さん。まあ、なんだ、土屋君がどうしても会ってくれって言うから会ってみたが、真面目な人だな。彼と政治的取引ができるとはおもわんね。ただ、彼に言うと、きっちり大統領には伝わるだろう。だいぶ二人は軍隊時代から近い仲のようだね」

白山は、さすがに老練な政治家らしく、自分の役割と相手の力をするどく見通しているようだった。

照江は、権が、過去に日本人から受けた傷痕に自分の唇を当てたことを、白山に話したのだろうか、と自問していた。すると今井は、

「日本の植民地時代に少年期を過ごした人の心情は人によっては複雑ですから。それだけに、同じ世代同士は、日本人に対する時は強く団結するのでしょうね」

と、口を入れた。

「俺たちは日本人だったんですよ、と言われた時は、始め何のことか分からなかったですよ。土屋さんが解説してくれたのでやっと分かりましたよ。確かに、戦前、韓国人は日本人だったわけですね」

照江は、ビールを口に含んだ後に言った。あの背中の口づけの瞬間、権は、再び日本人になったような気持ちを持ったのだろうか、今井はそう自問した。あの口づけは、ひょっとす

ると、何十回もの日本の謝罪の言葉よりも権の気持ちを溶かしたかもしれない、今井は、照江の面前で、そう白山に言いたかった。しかし、権の気持ちが本当にどうだったかは分からぬと思い返して、黙っていた。

日下の世界と照江の世界

クラブ純ができ、そこに独自の客層が育っていったことと並んで、時代は、いたってソフト化していた。政界、官界、財界の有力者よりも、演芸、テレビタレント、スポーツ関係者が、テレビの画面や雑誌の紙面を埋めるような時代となり、照本の客筋にも微妙な変化が訪れていた。そのことを象徴するかのように、照江が個人的に付き合う男性の層にも変化が生じていた。その一つに、照江と日下の付き合いがあった。

もともと照江も、テレビの画面を通じて、音楽家でタレントの日下を見知ってはいたが、個人的に出会ったのは、クラブ純だった。純子の知り合いのギター奏者の縁で、日下が純に来た時、たまたま照江が顔を出し、それが因で、何遍か、日下の関係する音楽プロダクションの人たちが、日下とともに照本を利用してくれるようになった。折から、照本の客筋は微妙に変わっていった。土屋はもちろん白山も照本の贔屓筋ではあったが、派手な宴会は数が減り、又、今井は故郷の県庁に副知事格で東京を離れ、大井など今井がよく連れて来た者も、外国勤務や地方勤務に出たため、官庁関係の外人接待などもほとんどなくなった。新しい客層を開拓せねばという照江の思いが、日下と照江を近づける触媒となった。

日下も照江もお互い男女の関係になることは、頭にも心にもなかった。

ただ、日下のしてくれる話は、政界、財界、官界、それに下町の問屋衆しか知らなかった照江には新鮮だった。

役所は組織、政治も党や派閥、財界にも業種と地位があった。しかし、音楽家は師匠と弟子はあっても、所詮最後は個人の力量だった。日下は、照江が三味線が弾けることを聞くと、嫌がる照江を無理強いして、新しい三味線を買わせて自分の前で小唄を弾かせた。

「結構いけるじゃないか。どこで教わったんだ」

下町の料理街などを知らない日下は、そんなありきたりの問いを発して、君江にまでたしなめられる始末だった。

照江と日下が急に親しくなった切っ掛けは、やはりクラブ純だった。

それというのも、いまや「照本」は、週刊誌にも取り上げられるほどになっていたことと関連していた。白山が出入りする結果、永田町詰めの記者たちがマークするようになり、いつのまにか、あちこちに知られる存在になっていた。そのせいもあって、日下は、照本にくるよりもクラブ純を愛用した。

ある晩、日下は、いつものように照本の玄関からではなく、右横の小さい木戸のようなドアを開けて、細い階段を下りてクラブ純へ入った。

「いらっしゃいませ」

客は一組だけで、純子がいそいそと挨拶した。珍しく洋装ではなく、黒っぽい地に薄ネズミ色の刺しゅうのある着物を着た純子は、いつもよりどこかよそよそしく、また、光の加減のせいか、微かながら年齢の影がしのびよっているように見えた。あいかわらず、小さなえくぼがこぼれ、それが全体をいかにも若々しく見せてはいるが、頬のあたりに、いままではなかったような一種の陰影があった。水商売の、しかも純子のように遊び相手をさがすことのうまい女が、しらずうちに自分のなかに加えてゆくものと、いつのまにか失ってゆくものが、白い首筋から胸のあたりにまで感じられるような気がして、日下はおもわず抱き締めたいような気持ちにかられた。

「あとつぎ、といってもこのクラブのオーナーだけど、そんなものになる気持ちがあるかって、このあいだ女将さんに言われたのよ」

純子は、日下が席についてジン・フィズに口を付けるや否や日下の耳元で囁いた。

「君江さんも、弓ちゃんも、みんなやめるんだって？」

オーナー云々の話から話題をそらそうと日下は照本で最近噂に聞いていたことを口走ると、純子は大きくうなずきながら

「弓ちゃんは、ちょっと事情があって田舎へ帰っているけれど、いずれ戻って来るんじゃないですか。ほかの人は板場は別として、みんなやめるようですね。私以外……」

と、快活な口調で言った。

「いらっしゃいませ」

その時、洋服姿の照江が満面の笑みをうかべて、目の前に立った。

黒いワンピースに真珠の首飾りといういで立ちで、黒い洋装にはそぐわない大きなエメラルドの指輪さえなければ、パーティにでも出掛けるような感じだった。

「純子がここのほんとのマダムになる話があるんだって?」

と、半ば冗談口調で日下が尋ねたことがきっかけとなって、

「ちょっと内々話したいことがあるの。タクシーを呼ぶから、どこか外で飲みましょう」

照江は、純子に、あたかもしめしあわせてあったかのような視線を送りながら言った。その声には感傷的な調子はまったくなかった。

タクシーが拾いにくいほど景気の良いこの赤坂で、わざわざ電話でよんでおいて、近くのホテルのバーまで行ってくれというのも無粋と思ったのか、男は、

「よし、新宿へ行こう。ハイアットリージェンシーの下にディスコがあるから」

と言った。

「そんなところに行って、若い人たちばっかりだったら格好がつかない」

とでも言いそうになった照江だったが、その場の勢いで、

「行きましょう。日下さんとじゃなくてはそんなところへ行けないから」

と、半分言い訳がましく純子に向かって言い放つや、先に立って階段を上って行った。

外へ出て、タクシーに乗ろうとすると、照江はいつのまにか真っ白な毛皮のコートを着ている。表玄関から純子が持って来たのかも知れぬと日下は思った。純子も、いまの雇われマダムの形に代えて、建前だけでも自分の店を持てるかもしれないというので、随分と気を遣っているのだろうかと感じながら、日下は車に乗り込んだ。照江は口早に行く先をつげると、からむように男に寄り添った。日下は、そんな照江にやや驚きながら、相談事も結構真剣なものかもしれぬと想像した。

「最近、お店の方に変わったことでもあるのかね」

と、日下が聞くと照江は、何か銀行に融資の相談に行く時のような口調で話し出した。

「そう、この一、二年で永田町や霞ヶ関の方々は減りましたね。うちはもともとそういう方が多かったから、いまは、そう、営業努力で、会社の方やそう、お医者さまとか弁護士さん、それに日下さんのような、何というのかしら、文化人も結構来てくださるんですよ。まあ、景気がそう悪くないからもっているようなもんですけど、なにか昔の活気がありませんわね」

照江の声は半分しゃがれていた。どうしたのか、かぜでもひいたのかと日下が聞くと、のどが痛く、医者に行っているという。

「私も、もう還暦ですから……。それにしても、いまさら若いツバメを持つわけにもいかないけど、昔からのパトロンたちとだけお付き合いするのもちょっと疲れたし……」

そう言いながら照江は、日下の横顔を見つめた。新宿のホテルにはあっと言う間に着いた。夜三時までやっているというディスコも、既に十一時を回っているのでそんなに混んではいなかった。キャバレーの女性と思われるような、派手な、真っ赤なロングドレスを着た女が、くだけた格好の、芸能人風の中年の男と舞台の真ん中でステップをふんでいる。点滅する照明と、時折舞台を一巡する光のなかで踊っているのは、この一組だけで、周りのボックスのような席には、若い二人連れが、背の高いカクテルグラスを前にして静かに話し合っているだけだ。

照江は、ボーイにあずけたコートの方をちらっとふりかえった後、部屋全体をめずらしそうに眺め回した。

黒い長スカートに、胸もとの襟がふっくらともりあがった白いブラウスを着たウェイトレスが注文を聞きにくると、照江は、こういうところで自分は何を注文したらよいのかと日下に聞く。

「こんなところで何を頼んだら良いのか分からないのよ。お酒でも何か洒落たものをたのまなくちゃならないし」

と囁く。

ジン・フィズでもどうかと日下が言うと、照江は子どものようにうなずく。赤坂の料亭の女将とはとても思えない、ある種の無邪気さがいまなお照江のなかに残っていることが、女優や女性の音楽家を見慣れている日下には不思議でもあり、また、それも当然のようにも思えた。

激しいロック調の音楽に、踊ることもはばかられて、なお時々あたりを見回している照江に向かって日下は話し出した。

「さっき、客筋が変わったと言ってたけど、変わらない人もいるんだろう。週刊誌に出ている政界のボスとか」

照江はぴくっと体を動かした。

「あの先生は、よくいらっしゃいますよ。でも、だいたい食事の後いらして、横になって、肩や腰をもんでくれって。そういう時が一番リラックスするんじゃないですか。私みたいなものを相手に、奥さんの話や、そう、ほかの政治家の人柄の話なんかなさるんですよ。でも、政界の裏話めいたことは全くありませんし、私も別に聞こうともしませんし……」

そう言うと、照江は、急に何かを思い出したように体を起こすと、別荘をつくったと言い出した。河口湖の静かな湖畔、つまり、と照江は言った。富士ビューホテルなどがある方角でない、あまりなにも建っていないほうに、別荘をたてたのだという。土地と建物で三千万近くかかった、と照江はこともなげに言った。

「あの先生の別荘も近くなんですよ。だから、ゴルフやマージャンに利用する方にはお貸しできるんですよ」

音楽の調子が急に変わって、イエスタディが始まり、やがて、オンリーユーが聞こえ出した。黙って日下が照江の手をとると、女は待っていたかのようにさっと立ち上がって、ホールの真ん中に行く前に手を男の肩に乗せて身をよせた。

オンリーユー……と高い音程が響く。

踊りの途中で照江はこれも急に思い出したかのように、別荘で小さな音楽会くらい開いてもいいし、ゴルフのおかえりでも、と囁いた。

急に香水の匂いが日下の鼻をついた。

「シャネルナンバーファイブに替えましたの」

照江はこういうことには勘がよかった。男の表情から男が何を感じ、何を考えているか、瞬時にあてるところがあった。

その時である。あっと囁くように照江が声を出した。

照江の眼は、さっきまで空席だった、日下たちの席のちょうど真向かいにあたる席に向かっていた。

「ちょっと知っている人達なんだけど……」

照江の声には、当惑した調子がこめられている。

「こういうところでの出会いは、相手も異性連れなら見て見ぬふりをするのが男の礼儀なんだが、さて女の場合は……」

そう日下は口走りながらダンスをやめて照江と席へ戻った。

照江の眼は依然向こうの暗い隅の男女に注がれている。

大井と染子だ。いつ大井は外国勤務からかえってきたのだろう。それにしても、あの染子と大井がこんなところへ一緒に来る仲だとは。照江は思いをはせた。

「ピアノのライブもこの時間じゃもうないし。やはりライブでないと僕などには何となく空洞のようで味気ない」

日下がぼやいた。

それから二十分ほど、照江は、クラブ純を照本から切り離して独立経営にする、昔倉庫だったころから、その部分の所有権登記は、母屋と別になっているから、純子に照江が少し金を貸してやり、また純子がパトロンを見つけるのなら、クラブのオーナーを純子にするというアイデアはどうか、という構想を日下と相談した。その間照江の眼はちらちらと向こうの隅の男女に向かっていた。日下は、照江の視線の行方に気付かぬふりをしながら、話を聞いた。同じ話を純子からも相談めいた形で言われたことがあるのを照江は知っているのだろうか、料亭のオーナー女将とバーの雇われマダムとの間に同じ男が入り込むのは、法律相談でもあれば別として、用心しないと双方からうらまれることになりがちだ、そう日下は心にきめて、多くを語らなかった。

一方、照江の心は妙にかき乱されていた。

赤坂のゆきつけの美容院で数度会ったことがあり、また、能楽師の歌田との関係でも見知っている染子。背は低い方だが、端正な顔付きに、どこかひとなつっこさのある、色白の芸者。いかにも大井と良いコンビのように見える。年も染子は、大井より五、六歳下だろう。照江の心に渦巻くものは嫉妬ではなかった。相手も芸者。こちらも赤坂の女。同じ男と付き合うことがあっても不思議ではない。ただ照江には、ある種の誇りにも似た意地があった。料亭の女将として、自分の料亭の、金の上でのパトロンは勿論、心のなかのパトロンも、他人に取られたくなかった。土屋は、お金と心双方のパトロン。白山はお金のパトロン。大井は心のパトロンとまではいかなくともそれにしたい相手だった。日下さんもそうなってくれるかしら、そうしてしまおうかしら、照江は微かな笑いを口元に浮かべながら日下の眼のなかをのぞき込んだ。

タンゴが終わって、急にあたりが静かになった。日下は、指で軽くテーブルを叩きながら遠くをみるような目付きで、天井を見上げていた。

自分の属する世界と離れた個人的付き合いの世界は、深まることもあれば、また、壊れやすいものであることを二人は本能的に理解し合っていた。

能楽堂

思わぬ所で大井の姿を認めた照江は、大井が、照江の描く格好良いエリート像に近いタイプであり、しかも照本の客筋ではかなり若い世代に属していたことから、土屋の席に大井が同席していた機会をとらえて、能楽堂の公演に誘った。

そして、二月のある晴れた寒い土曜日に、千駄ヶ谷の能楽堂で照江と大井は会うことになった。開演の三十分ほど前、大井が能楽堂の食堂に入ると、照江はテレビの横の席で鳩サブレーのような形のビスケットを食べていた。

真っ白なミンクのコートを着たままで座っている照江の姿は、地味な雰囲気の食堂のなかで、そこだけ光ってでもいるかのように明るく見えた。

照江は、

「どこかコートを預けるところは?」

と、聞く。

「ロッカーはあるよ」

と大井が言うと、照江は、

「それならコートを着たまま座席へゆくわ」

と言う。

大井と照江がふたりして正面の真ん中ほど、やや左側の席に座ると、右の横の方に染子の和服姿が見えた。立春を過ぎて、春本番を先取りでもしたかのような薄緑色の着物は、染子のやや長めの首筋の白さを引きたたせていた。やはり、芸者となると着物の着方、魅力の出し方は一流だな、そう大井は思わず口に出そうになったが、照江と染子の関係にはっと気が付いて黙った。

番組表に目を落とすと、素謡、仕舞、一調、それに最後から二番目に、シテ厨川裕美子と書かれた能「胡蝶」が目に入った。

「あら、厨川さん、シテで能をやられるなんて、すごいわね、後見はお家元じゃないですか。これじゃ百万円はかかるわね」

照江がためいきともとれるような声で、番組表から目を上げながら言った。

指輪に五百万ほどもかけて何とも思わぬ照江が、百万円程度のご祝儀を高いと思っているのは、大井にとってやや驚きだった。しかし、考えてみれば、雑巾掛けしながら三味線や小唄を習い覚えてきた照江にしてみれば、素人のご婦人たちが、趣味の踊りや謡に何百万もかけるのを、いささか馬鹿らしい金のむだ遣いと思っているのかも知れなかった。

会場は、主催者歌田三郎の会「霞謡会」のお仲間と縁者や友人、歌田の取り巻きのご婦人たちでしめられていた。照江は途中でしばしば外に出て、電話をかけたり、コーヒーをのんだりした。大井の印象に残ったのはやはり、厨川夫人の演じた胡蝶だった。梅の立ち木の作り物の横で、増の面をかぶり、胡蝶の天冠をいただき、薄紫色の衣装をつけたシテの姿は、演者が素人だと分かっているだけに、いっそうなにか現実離れし、幽玄と虚構の世界を目の前に繰り広げているように感じられた。

　春の夜の。明け行く雲に。翅うち交わし。明け行く雲に。翅うち交わして。霞に紛れて失せにけり……。

　女性にしてはやや背丈のあるほうのシテの姿が幕のなかに消えると、照江は、

「なるほど、これで歌田さんがなんで厨川さんにお熱なのか分かったわ」

と、呟いた。

　何を言っているのかと問いただすと、厨川夫人は、ある著名な伊豆の旅館の三代目に当たる人で、評論家をやっている人の奥さんだそうだ。ご主人と別にうまくいっていないわけではなさそうだが、それでいて夫人は、能楽の師匠歌田氏のところに入り浸りで、お能の稽古ばかりでなく、いろいろな人生相談すらしているらしいと言う。

　しかし、照江がそんなことまで知っているのは、厨川夫人と歌田氏の関係がかなりおおっぴらなもので、それだけに別にそこに特別なものを想定できないのではないか、大井はそう口まで出かかったが、今井から聞いていた、照江と白山との関係をふと思いだして、口をつ

ぐんだ。考えてみれば、照江が白山の肩をもみ、腰をさすって得ているものも、単に店の評判やお客を紹介してもらう便宜だけでないであろう。政界の権力者の相談相手になっているということから得られる、ある種の不思議な満足感もあるはずだ。厨川夫人も、能楽界の明日を担う一人と言われている人物と、通常の師弟関係を越えた付き合いを深めることによって、ある種の成就、それも自分の趣味たる能楽をより深く習得してゆくための、ある種の危険とゆきすぎを、そのおそろしさを十分知りつつも、あえてやっているのではないだろうか。大井にはそう思えてくるのだった。

最後は歌田氏本人の、仕舞「東北」があって会が終わると、照江は、能楽堂の入り口でしばらく待って、厨川夫人の出てきたところで、お祝いのことばを述べた。大井がやや遠くからながめていると、厨川夫人は、能装束をつけている時よりも豊かな体に見え、お辞儀のしかたなどにはほとんど芸者衆なみのなまめかしさが感じられた。大井は、海外勤務に行く前に何ケ月か観世流の若手の能楽師のところへ稽古に通ったこともあったので、楽屋にまわって歌田に照江とともに挨拶した。

「夏前にうちの別荘で気さくなお集まりをしましょう。厨川さんにも来ていただいて」

照江がそう言うのに、歌田氏はかすかな笑いをうかべながらうなずいていた。

その時は、照江が、半分儀礼をかねて自分の別荘を宣伝しておきたいのだろうと大井はたかをくくって聞いていた。ところが、それから数ケ月たった五月のなかごろ、照江から大井に電話があって、どこかの地方の能の公演が洪水のため中止になり、急に歌田氏の体が空き、運良く、皆の都合もうまく合ったので、別荘で気さくな会を開くから来ないかと言ってきた。大井はその日ちょうど、ゴルフに誘われていたが、河口湖の近くであったこともあり、ゴルフの方はハーフだけにして、照江の別荘での会合に参加することにした。

それにしても、と大井は心中思っていた。それにしても、赤坂の料亭の女将と、別荘と、能の会とは、奇妙な取り合わせだと。

そこには、照江の胸のうちと暮らしぶりの複雑な色模様が反映していたが、照江の別荘にゆくこと自体、大井には、一種の探検のように感じられていた。

別荘の集まり

能楽堂での大井との逢瀬は、照江にとって、二人の関係を、料亭の日常空間から切り離して、別の舞台にうつすことからくる興奮をともなったものだった。それも、どこか高級感のただよう空間で、男盛りのエリートと共に時を過ごすことからくる無邪気ともいえる感情だった。

大井は、女のそんな感情をおぼろげにうけとめながら、いつまでも、田舎じみた開放性と無邪気さの消えない女将の気質に一層ほれ込んだ気持ちだった。

そして、二人の間のそうした気持ちは、数ケ月後、大井が、照江の河口湖の別荘に招かれて行ったことから一層深まった。

湖のくびれたところにスナックがあって、その百メートルばかり手前だと聞いていた大井は、河口湖周辺の地図を頼りに、照江の別荘を探した。一度は道を行き過ぎたらしいと引き返し、次には引き返し過ぎて、町の方向に出てしまい、大井が別荘に着いた時は午後二時を過ぎていた。

道からものの七、八〇メートルも中に入ったところにある別荘は、砂利を敷いただけの小道の左側に、舗装もしてない、整地しただけの駐車場があり、真っ赤なベンツと青い色の外車が駐まっていた。庭は草が生い茂り、一見すると山荘のようだった。

大井が、

「こんにちは」

と声をかけながらなかに入ってみると、玄関からいきなり広い居間に入る仕組みで、大きな、木肌色に磨かれた原木を渡して、二階まで吹き抜けの居間は、十五畳もあろうかと思われた。

出て来た照江は、いきなり、

「この木を見てちょうだい」

と天井を見上げて誇らしげに叫んだ。居間は、取り外しの簡単な引き戸を隔てて、八畳ほどの板の間の食堂に続き、その向こうにバーのカウンターのような仕切りをへだてて小さな台所がある。

全て山小屋風のこの別荘のなかでほかの部分と違っているのは、食堂の左手に一段高くなって作られた日本間で、ささやかな床の間まである。

大井は、部屋を見て回りながら、先に来て食堂で談笑している女性たちと歌田に挨拶した。

照江は大井をひきずるようにして、二階に案内した。手前が和室、奥が洋風の寝室となっており、ほとんど部屋の三分の二近くをしめる巨大なベッド、それも、深紅の羽布団がかかって、あたかもラブホテルにでも来たかのような錯覚を起こしそうな雰囲気だった。

「まだ庭までは手が回らなくて……」

と、照江は二階から見える湖を見つめながら言った。

女性は二階の和室で着物に着替え、男性は、洋室を使うようにと照江は皆に周知していたが、もともと和服姿の歌田をのぞくと、男性は大井一人だったから、結局照江の寝室とみられる洋室を大井が独占する形となった。隅の鏡台には何もおかれてはおらず、部屋もきれいに整頓されていたが、脂粉の甘酸っぱいにおいが鼻をうった。一体照江はこんな山のなか同然の場所で、誰か照本の従業員のお付きが来るとしても、一人でこの巨大なベッドで寝て、何を思うのだろうか。この見事な別荘の主になったことを、天井を仰ぎながらかみしめるだけなのだろうか。それとも、ここは、いまや週刊誌沙汰にもなった、名前の売れた料亭の女将として東京では人目もあって会えない人々と内密に会うための場所なのであろうか……大井は、そんなことをぼんやり思いながら、セーター姿から和服に着替えて、下におりた。

遠足気分の能の会ということで、男が一人、謡をうたい、女が二人仕舞をするだけの手筈になっていたが、大井が実際来てみて分かったことは、女性陣も、照江を除くと、染子も含めて四人しかおらず、しかも、厨川女史は今日はなにもしないのだと言う。

渋みがかった薄桃色に白い玉模様をところどころにうまく春雨を思わせるように散らしたお召しを着た厨川夫人は、テーブルの真ん中にゆったりと座って、あたかも歌田氏の女房ででもあるかのようにお茶をついだりしている。

最初の踊りは、厨川夫人の友人の女性の熊野だった。次に大井が、敦盛のクセを詠った。然るに平家。世を取って二十余年。実に一昔の。過ぐるは夢の中なれや……。低い下の調子から出るだけに大井には最初の声の出し方が難しく感じられた。結構汗だくで何年ぶりかの謡を大井が終えると、アルバイトらしき女性が裏から現れて、おしぼりを出した。

最後の仕舞は、同じく厨川夫人のグループの一人が踊った、海人の玉の段だったが、きりっと、ややきつめに着た着物と、「一つの利剣を抜き持って……」と言う最初の部分から、手の出し方がきまっていて、なかなかのできだった。厨川夫人も感心したような目付きで眺めている。

珠は知らずあま人は海上に浮かみ出でたり……。

大井は、舞を見ながら、照江が、河口湖を海にみたてて、海に関係のある曲をやるんですよ、と電話で言っていたことを思い出していた。その電話の際、大井は、染子も来ることを知ったが、

「染子さんは何を踊るのか」

と聞くと、照江は声を低めて、

「芸者は人前で能の仕舞なんか踊らないことになっているんですよ、歌舞伎役者さんだって

そうなのに、芸者はまして」

と言っていたことまで記憶によみがえった。

テーブルのすみで真剣な表情で仕舞を見ていた染子の顔には、どこか透き通ったような、かすかに病的な白さが感じられた。

近くのスナックからとりよせた焼き鳥やサラダ、それに東京から持ってきたというお握りにビールが出たが、照江を除くと皆どこかほかのことに気がいっているような静けさを保っていて、湖に夕日が落ちるころには、誰というとなく帰り支度を始めた。

染子はタクシーをよび一人で、また厨川夫人は赤いベンツに乗って歌田氏と一緒に帰り、玉の段を舞った女性とその友人が青い外車で帰ってゆくと、別荘はさっきまでの旅館か料亭風のムードから豹変して、山小屋の雰囲気が家中に満ちた。

大井はしばらくじっと黙ったまま、大きな吹き上げの部屋で天井を見つめていると、照江が寄ってきて、

「アルバイトの人は別に電車で帰すから、二人だけ車で東京に帰ることにしたいの。ただもうしばらくここで休みたい」

と呟いた。

大井が北欧風の長椅子から目をあげて照江を見ると、これまで大井が気が付かなかった黒いくまが両眼のまわりにできている。

「仕事のやりすぎじゃないの」

と大井が聞いた。照江はしばらく黙っていたが、ゆっくりと男の隣に腰を下ろしながら、呟いた。

「最近なんだか、これからは下り坂のような気がして。だから余計なんかあせったようなことをしたりするんですよ。喉の調子もあまりよくないし」

「後継者というか、女将の代理を務められるような人を見つけて少しまかせたらどう」

そんなことは簡単にしそうもない照江であることを知りながら、大井は慰めるかわりの言葉に窮して言った。

「店はどうなっても良いの。ううん、どうなっても良くはないけど。別に店を残したいとか、そんな気持ちはないですよ。これで老後を一緒にすごせる気の置けない連れ合いでもいたらって思うこともないわけじゃないけれど、一人でこの年まで生きてくると、誰かと一緒に生活するってことはとてもできそうにありませんよ。ひとりなら、自分ひとりなら、店があろうがなかろうが、生きて行くことはできますわ。ものを残したいというのは、自分のためじゃなくって、ほかの人って言うか、家族とか連れ合いのためでしょ」

照江の声は喉のせいか、乾いた調子だった。それが、女の話にいっそう凄惨なひらきなおりの感じを与えていた。

照江が深刻な顔をしだしたので、大井は話題を変えた。

「厨川夫人と染子とそれに女将さんまで歌田さんのファンとはね。歌田さんも女性にもてるね。しかも、その三人の女性がファンクラブの仲間みたいに仲がけっこう良さそうだから不思議だね」

半分からかうような調子で大井は呟いた。照江は、一瞬思いがけないことを言われたとでもいいたげに、ちょっと口をすぼめたが、軽くせきばらいをすると、言い出した。

「厨川さんは、旦那さんがいるのに、歌田さんにあんなに情熱的になれるのは、やはり本当に芸事がすきで、とことんまでそれをやり抜きたかったからでしょうね。そのためなら、身も心も一つになるくらいじゃないといけないって、そう思い込んでいるんじゃないんですか。あれは、色恋じゃなくて、執念ですよ」

照江は、がらんとした部屋のテーブルの椅子に座り込むと、女性客の噂話を始めた。

「そこへいくと染子はちゃんと、そう、別の意味の旦那がいるんだから、あれは遊び心ですよ。それも高級のね。つまり、いい男と浮気するとか、セックスだとか、そんなことじゃなくて、なんて言ったら良いんでしょう、自分を試しているんですよ。だから、歌田さんや周りの人にどう思われるかより、いろんなことをしてみて、自分の心や体や性格を試してみてるんですよ。それだから、あの人は、とことんの所じゃとてもクールですよ」

そう言う照江に、大井は、それでは君自身はどうなの、と余程聞きたかったが、二人ともまだ何も食べておらず、空腹であることにほとんど同時に気がついた。近くのスナックでカレーライスでも食べようと言い合って、二人はスナックへ歩いて行った。

カレーを食べ終わって、真っ暗な道を、照江が持ってきた懐中電灯のあかりを頼りに別荘へ戻り、玄関でちょうど照江が鍵をあけたところで、食堂の電話がなった。

「えっ」

電話口で照江の驚いた声が響く。しばらく、静かに、じっと照江は電話を耳にあてて動かない。

「とにかくすぐ東京に帰るわ」

そう言って電話を切った照江は、口を開く前に下をむいて、一瞬、目を閉じた。

「厨川さんと歌田さんが、帰る途中で誰かに襲われて刺されたんですって。厨川さんは、病院にかつぎ込まれて亡くなって、歌田さんは、腕をさされて、入院してるんですって」

照江は、冷静な口調でいった。

一瞬、数週間前の舞台で、蝶の精になって、薄紫の衣装を着てシテの役をこなしていた厨川夫人の姿が大井の目の前に浮かんだ。

誰に刺されたのか、どうして殺されたのか、そもそも犯人のねらいは厨川夫人なのか歌田氏だったのか……何も分からないもどかしさのなかで、照江が、かつて何かの拍子で、ケネディが暗殺されたことに触れて、男ならあんなふうに死ぬのが最高かもしれないわね、と言っていたことを大井は思い出していた。

歌田氏と厨川夫人の事故は、中央高速から少し外れたところにあるドライブインから二人が出て来て、駐車してあった車に乗ろうとする一瞬の出来事だった。それも、背後関係のない、変質者の発作的行動によるものだったことが分かったのは、ずっと後になって、この事件が週刊誌に報道されてからのことだった。

事件の夜、急にだまりこんだ照江を助手席にのせて、高速道路を走って東京に帰る時、なぜか、大井には厨川夫人の死は、非現実的でありながら、どこか、伝え聞いている夫人の生き方にぴったりのもののように思えてならなかった。

「女は情念のため、男は野心のために死ぬって言った人があったけど……」

運転席から大井がそう言うと、照江は、なんの前触れもなく、急に歌い出した。

美空ひばりの、川の流れのように、の歌だった。

照江の声はいつもよりかすれていた。

車の助手席に座って半分眼を開けたまま、かすれた声で歌う照江の姿を横目に見て、大井は、はじめて、照江に女として愛しさを感じた。それまで大井にとって、照江は女将だった。女としての照江も、人間としての照江も、あくまで、料亭の女将の一面にすぎなかった。しかし、いま、大井にとって、照江は女将という衣を脱ぎ捨てた、どこか可愛いい女であり、寂しい孤独な人間だった。

そして大井は、いままで照江が自分にそれとなく示してきた好意は、女将が客に示す媚びではなく、実は、一人の女の、一人の男への愛着だったのかもしれない。そして、自分は、それに気が付きながら、照江に対して、また、自分自身に対してもそれをなぜか無視に近い態度をとってきたように思えてきた。

一方、照江は、予想もできなかった事件が身近に起こり、その体験を大井と共有したことから、これからは、男への自分の気持ちをもっとあからさまに出してもよいのではないかと、ぼんやりと思いをはせていた。

画家の最後

別荘での集いの後、なぜか大井の足は照本から数ケ月以上遠のいた。その一つの理由は、今井の地方転勤にともなって、照本に行く機会を失ったせいもあった。それに、大井自身が人を料亭に接待する余裕も機会もなかったせいでもあった。

ある晩、人事案件をめぐって総務担当部局とやりあい、いささか腹の立つことがあった後、大井は、ふと思い立ってクラブ純に行った。

もっとも、大井の気持ちのうちには、久しぶりに上京してきた今井が計画した、照本での宴会が急に取りやめとなったことも尾を引いていた。

かなり遅い時間だったせいか、客はあまりいなかった。大井は、照江がそのうち上から下りてくるだろうと、かなり長く純子と無駄話をしていたが、女将はやってくる気配もなかった。純子が上に問い合わせると、照江は手がはなせないそうだという。タクシーを呼んでもらって大井は帰ろうとした。純子と玄関先に出てみると、来ているはずのタクシーの姿がない。

「どうしたのか」

と聞くと、

「あら、まだ、ご存じじゃなかったのですか」

と純子は笑った。

女将が、隣の敷地を借りて、駐車場にしたのだという。確かに、隣の敷地の暗がりのなかに、タクシーに加えて、黒塗りの車が二台見えた。

「政界や財界の方のお迎えの車がこの狭い路地に並ぶと交通に差し障ると文句が出て……」

純子の声には、かすかに店の繁盛を誇るような調子があった。

純子が、

「今日は、女将がご挨拶に出られなくて、本当にすいませんです」

と言いながら、運転手に合図して、車が動こうとした時である。白い救急車が、比較的静かな警報をたてて、駐車場に入り込んで来た。

ほとんど同時に、にぶく光る銀色の、黒っぽい模様のついたお召しを着た照江が、髪をふりみだした、やせた長身の男を抱きかかえるようにして、照本の玄関から出て来た。

いささか唖然として大井が立ちすくんでいると、そばを通って救急車の方に歩きながら、照江が大井の耳元で囁いた。

「三階で待ってて。一時間ほどで……」

側で見ると、男はあごひげを耳元まで生やし、くぼんだ眼と乾いた唇をしている。どう見ても、病人である。

照江が救急車に乗って男と一緒に行ってしまってから、大井は、タクシーを断って照本の三階へ行った。

所在ないので、勝手に居間に入り込んでテレビを見ていると、中国の文化大革命の特集番組をやっている。トラックの上に手を後ろに回されて乗せられている幹部、首に罪状を書いた看板をつり下げられて批判集会に出ている男、そして、髪を半分そり落された女の映像などが目に入る。そういえば洪とかいう貿易事務所員が、パンストを万引きしたとかしないとかいう記事が週刊誌に載っていた。事実とすると、パンストなどという資本主義の害毒の象徴のようなものの万引きでは、幹部の地位を剝奪されて、見せしめのために、役所の便所掃除でもさせられるのだろうか……ぼんやりと大井は思いをめぐらした。


一時間どころか、二時間近くも大井は待たされた。十二時を過ぎたころ、音もなく照江がすーっと部屋に入ってきた。

「ごめんなさい、お待たせしちゃって」

照江の声はしゃがれていた。そして、そういうや否やソファーに座っていた男のひざの上に頭を押し付けると、くくっと低い声で泣き出した。それは、泣くのをこらえているようにも聞こえ、また、たまっていたため息を吐き出すような、安堵にも聞こえた。

「ちょっと待っててくださいね」

そう言って、照江はいったん出した顔を、また、唐紙の向こうへ隠すと、ことことと軽い音を出して下へ下りて行った。しばらくして、なんとなく店が急にシーンとしたような気配を大井が感じだしたころ、また軽い足音がした。照江が上がって来たのだろうと思って、大井は思わず座り直してテレビのスイッチを切ったが、照江はなかなか現れない。大井がオールド・パーに手を伸ばしてはためらい、また手を伸ばしたりしていると、がらっと戸が開いて、照江が入って来た。紺色の光沢のあるガウンに、下は白いネグリジェがのぞいている。

「あら、なにもお飲みになっていらっしゃらないの」

照江は、テーブルの上のグラスに目をおとしながら呟くと、自分でウイスキーの瓶を取り上げて、水割りを作った。めずらしく、照江は自分の分も作って、また、これもいつもの照江らしくなく、さっと一口のどに入れた。

「築地のがんセンターまで行って来たんですよ。昔知っていた人が入院しているもんですから……」

照江の声はかすかにかすれて、息苦しそうだった。

「隆夫さん……」

そう叫ぶと、照江は突然、倒れるようにして、ソファーに座り込むと、しがみつくように、顔を寄せ、頭を男の胸にのせた。

「マダムロシャス、それとも、ディオリッシモ？」

軽い困惑を隠すように大井が聞くと、照江は、ただうなずくだけで、しばらく頭をうずめていた。

ものの五分もたって、照江がきっと顔を上げた時、女は、目の涙を白いハンカチでぬぐっていた。

それからほどなく、気を取り直したとはいっても濡れた眼をしながら女が男に語った駐車場の病人の物語りは、いかにもメロドラマ的な陳腐さと、それでいて、女の心の奥から絞り出るような、迫真性があった。

「あの人は肺ガンで、もう一月か二月でしょう。本人も何遍かそう言ってましたよ。あんなにやせちゃって。もっとも、上野の西郷さんの銅像の下あたりで似顔絵を書いていた時分はもっとやせてましたよ。美校の学生のくせに、似顔絵書きなんて、いくら終戦直後のひどい時だからって、そんなことをしてたのは長谷川くらいのものですよ。そう、あの人は、長谷川幸男って言う画家なんですよ。十年ほど前には結構一時売れっ子になって、銀座の画廊で個展を開いたりして、一度か二度行ったこともありましたわ。でも、有名になると、誰かが足を引っ張るんですね。ちょっと画商仲間の口に上るようになったら、そう、本当にすぐでしたね。過去の贋作のことが美術関係の雑誌にのったんですよ。長谷川が、藤田嗣治の猫の絵の模写を作って、売っていたことがあったっていうんですよ。本人も、それに、長谷川に頼んだ画商も、贋作ではない、あくまで模写ですよと断って売ったことは売ったんですけど、そんなことを画家がするとは、と言うことで、いっぺんに信用をなくしたんでしょう。それからは、坂を転げ落ちるようになってしまって。それに、四、五年前には奥さんも亡くなるし。確かにあの人はどこか根っからしまりのないところがありましたよ。モラルなんかくそくらえって、いつも言っていましたよ。それに、とにかく貧乏でしたね。私のように小学校の時から使い走りして、下働きの女中をやって来たようなものから見ても、貧乏でしたね」

そう言って照江は、目を一瞬上げて、遠くを見るような素振りを見せた。

「いつですか、ビルの植え込みのなかから若い女性の死体がみつかった話がありましたね。田舎のおかあさんに送金すると、一日五十円ほどで三食食べなくちゃならない。コッペパンばかり食べて、とうとうビルの上から身投げしたんだそうですね。いまでも、こんなに豊かになったいまでも、そんな人がいるくらいなんですから。長谷川の貧乏は本当に大変でしたよ。いちどなんか、よれよれの学生服の下は、ふんどしと腹巻きしかしてなかったんですよ。下着から何から持ち物全部下宿の大家さんに差し押さえられちゃったなんて言ってましたよ」

照江の声は、時には透き通って聞こえ、時には、はじめのようにかるくしゃがれた、泣き出しそうな響きがあった。照江は、長谷川という男と、いつ、どのような経緯で知り合ったのか、そして、今日まで、どういう付き合いをしていたのか、はっきりとは大井に言わなかった。けれども、過去の記憶と現在の思いの間を行ったり来たりしながら話す照江の話を総合すると、大井にもおよその経緯が想像された。

照江は、長谷川と別れてあしかけ十年程もたってから、銀座のコーヒー店で偶然その男と出くわし、相手が、どうしても見せたい絵があるというので、江古田の先の、農家の納屋を改造したアトリエまで行った。それが、照江と画家との最後の出会いだった。

その時、いかにも世話女房的でお茶一つ出すにも夫の気分をうかがうような、それでいて、足取りや姿勢にどこかかすかに色っぽさがのこっている画家の女房を見て、照江は、なぜともなく、長谷川と自分との青春の思い出そのものも、もはや二人にとって、全く別々のものになっていることを思い知った。そして、あたかも過去の記念のように、照江は、絵を一枚強引に貰って帰った。暗い、黒を基調とした絵で、灰色の窓の向こうに着物姿の女性が立っている画だ。画面の暗さのなかで、そこだけ、明るい色調の部分に立っているその女性は、およそ着物とそぐわない、水玉模様の傘をさしている。

「浅草の裏通りで最後に別れた時、水色の傘をさしていたね」

江古田のアトリエで、画家は、お茶を出して下がって行った女房の後ろ姿が消えるか消えないうちにそんなことを言って、照江を驚かした。そのころ、長谷川はまた別の病気で、入院寸前だったことを、照江は後になって知った。照江は、三十年近くもたって、いまだに学生気分の残っているような画家の態度にあきれ、同時に、その純真さに打たれた。しかし、長谷川が、

「ほら、時々会ったことのある、あの、仲町の横の喫茶店。昔なつかしくて、あそこにまた

通ううちに、ウェイトレスと知り合って、女房に……」

男が、まるで母親か伯母に言うような口調でそう打ち明けた時、照江は、何が起こっても長谷川とはもう一生会わない決心を立てた。

それが、突然、がんセンターから電話があって、死ぬ前に一目会いたいという。それも、照江の成功した姿、女将の店を見たいと長谷川はいうのだった。

ある銀行の常務で、個室に移る前に数日間、四人部屋で一緒だった男と長谷川が世間話をした時、ふとしたことから、「照本」の話が出た。その時から、長谷川は一遍店をみたいという気持ちになったのだった。照江は、男が、病をおかして赤坂まで照江を訪ねて来て、二人で何を話したのか、大井にも一切語らなかった。ただ、病み衰え、やせ細った体のどこにそんな力があるのかと思うようなことがあったことを、それとなく匂わせた。長谷川が最後に、照江に何をもとめたのか、そして照江が何をあげたのか。照江は、一方で何かを大井に匂わせながら、一方では固く口を閉ざしていた。しかし、大井には、その時の照江の心情が分かるような気がした。それは、いまや全く別々の世界に住み、かつての共通の思い出さえも、別々のものになって化石化してしまった男と照江との間で、青春時代に燃え上がった炎で焼けた傷痕を舌でなめあうことによって、傷の存在だけを最後に確かめ合おうとするかのような瞬間だったに違いない。もとより、照江は、そんなややこしい表現はしなかったが、照江の眼にのこる涙と、時折、近くを凝視しているのか、遠くに思いをはせているのか分からないような、どこかうつろな視線が走るのを見ながら、大井はそう思った。

そして、その晩、大井は初めて照江と契った。

いつのまにか、隣の和室に床がしいてあって、ガウンを払うように脱ぎ捨てた照江は、ネグリジェから、両手でつまむようにして、乳房を出して、男に吸わせた。真っ白で、固く、弾力性のある乳房で、六十近くになりながらも、子どもを産んだことのない女性特有の、ある神秘的若さがみなぎっていた。

「私のおっぱいは、いつもすばらしいって言われてきたのよ」

その言葉で一瞬ぎくっとして
「君、シャワー浴びたんだろうね」

と、大井が聞くと、

「ばかね、当たり前じゃないの。ねえ、これからは、大井さんじゃなくって、いつも隆夫さんって言っていいでしょ」

たるんだ声で、照子が囁いた。

「二人だけの時はね」

そう言いながら、隆夫は、自分も初めて、照江を、君とよんだことにはっと気が付いた。

二人の体が一緒になっている間中、照江はじっとして、ほとんど息をひそめでもしているかのように、静かだったが、いったん体が離れると、はげしくしがみつき、隆夫の胸の肌をなめた。

末期癌患者とひょっとして体を触りあって来たかもしれない女の皮膚と舌と唇が、隆夫の皮膚に電流のような緊張感をあたえる。自分がまるで死の床にあり、女が生命の生気を吹き込んでいるような気がするかと思うと、自分自身が、陶酔のなかに失心するかのような心理にもなる。そして、照江の眼は、暗い行灯のともしびのなかで動物的に輝き、それでいて、女の体からは、女将然としている時には全くあらわれない、どこか虚弱な、ほとんど少女的な、素直さと気恥ずかしげな様子が染み出ていた。

「もういっぺん、ねえ、もういっぺん。ねえ、幸男、じゃない、隆夫さん」

二人はそしてまた抱き合った。

長谷川幸男との若き時代の恋も、激しく、それでいて、素直で純真なものだったのだろうか。照江にとって、肉体関係を結ぶことは、精神的きずなを確かめ合うものに過ぎなかったのだろうか、それとも、いつもはどこか虚勢を張らなければならなかった女の人生のなかでのたった一瞬の、本当の自分に帰ることのできる時間なのだろうか……帰路のタクシーのなかで、大井はぼんやりと思いをはせた。

弱く、遠く、「夢は夜ひらく」を誰かが歌っているのが、ラジオから流れていた。

忍び寄る隙間

青春の恋の化石の冷たい石肌に思いがけなくも触れてしまった照江の心に、かすかな変化が起こっていた。わき目もふらずに一途に走って来た照江の生き方のどこかに小さな隙間が生じたかに見えた。その隙間をうめるには、大井はあまりにも遠い存在だった。

そして、長年の馴染みの土屋は、照江とは別の世界のなかで、苦闘していた。それは、白山との関係に由来するものだった。

白山が照江を贔屓にすればするほど、そして照本が、白山の派閥の会合などに使われだして以来、土屋は、自然に照江と若干距離をおくようになっていた。

そうした折にある事件が明るみにでた。白山の関係している不動産会社の脱税容疑にからんで、白山自身にも捜査の手が伸びたのだ。

加えて白山の健康状態も手伝って、白山の統率力が弱まってゆき、周囲から土屋を後継者に押す動きも目立たぬ形ではあるが、確実に始まった。

照江は、長年のパトロンの栄達を慶ぶよりもむしろ懸念した。派閥の領袖ともなれば、世間、特にマスコミの目も一層うるさくなるだろう。とりわけ、料亭政治だの接待外交だのと、とかくの批判が強いご時勢だけに、二人の関係がいままでのように気さくなものではすまなくなるのではないか――そう、照江はほとんど本能的に感じていた。

「照本もここまで大きくなって、もう特定のパトロンはいらないな」

ある秋の週末、月見でもしようと、土屋は照江を、自分の箱根の別荘によんだ時そう言った。芦ノ湖を見下ろす坂の中腹にあるその建物は、庭に谷川の流れを引き込み、岩場を幾つか設けた荒っぽい、広い庭をもつものの、建物は比較的小さかった。

土屋の趣味で、中は茶室にも使える八畳間を除けば洋風だった。開放的な居間兼客間の奥に、こぶりのバーが設けられていた。そのバーでの会話だった。

照江は土屋に数年前、照本の二十周年記念の祝いに作ってもらった、菊の模様をあしらったお召しを着ていた。

バーのカウンターの後ろで、照江は、土屋のためには水割り、自分にはジン・フィズを作ると、グラスをバーの台の上に並べて、静かに高い椅子に腰をうかせるようにして座った。土屋は、少し冷えてきたといいながら、茶色のシャツに茶色のセーター姿で、隣の椅子にどっかと座った。

「それで、やはり染子さんにお店を持たせるんですか」

照江は、白山の秘書から漏れ聞いていたことをずばりと尋ねた。それが、二人の心の奥底にあるものを確かめる良い方法だと思ったからだった。

「うん。ワインバーと言うやつだ。染子と同じ郷里の鹿児島出身の男で、一時ホテルの洋食部門ではたらいていた若い男と一緒にやるそうだ」

「ツチさんがそんなお店を使うんですか」

「俺というより、後援会の連中が上京した時とか。秘書連中を慰安したりな」

そう土屋は言ったが、照江は、そうした動機よりも、染子を、自分のためというより、土屋の接待したい相手のために、まだ若さの残っている芸者の魅力を利用しようという魂胆だろうと思った。要するに、照本のような、長い伝統のない、いわば成り上がりの料亭での接待は、上流とはいえず、さりとて居酒屋なみの気安さもなく、そして何よりも現代的な、洒落たムードがなく、それに、もう照江の弁舌と意気の良い接待ぶりだけでは客も魅力を感じなくなっている時代なのだ。照江は、土屋の考えが手に取るように分かった。

「浅草以来、二十年以上の付き合いだからはっきり言うと、実は照本は、ちょっとは名もしれて、規模も大きくなっただけに、気安くおれの小屋扱いできなくなってきた。現に白山のおっさんも、自分の店のように振る舞っているみたいだったからな」

土屋は低い声で呟くように語った。

芸者ではあっても、洋装も似合う、モダンなセンスを漂わせている染子の姿が照江の目の底に浮かんでは消えた。

照江は、嫉妬も羨望も、不満も感じなかった。どこかで、来るべきものが来たという思いが沈殿していた。

「それはそうと、白山の親父さんから預かった金はどうしたかね。おっさんも家宅捜索までされたから、君の方も軽々しく持っているわけにもいかないかもなあ」

土屋が、例のスーツケースに入った金のことを知っているのは不思議ではないにしても、その金をどうしたかと尋ねるのは何故なのか。一瞬、照江は土屋の眼のなかをのぞき込んだ。

「一部は、白山さんにねだって、別荘の資金にあてましたよ。管理料ですといって。それにいまではその土地の名義も白山先生ですよ」

照江は、土屋に包み隠さずに話した。

「すると、残りは二、三千万ぐらいか。おやじさんに頼んでまんざら知らぬ相手でもないんだから、染子の店に融通してもらうか」

土屋も土屋で、そんな勝手な思案を淡々とした口調で言った。

「そろそろ店もたたむ時期ですわね」

照江がいうと、土屋はいささか慌てた調子で
「そうしろというわけじゃないから」

と、呟いたが、その調子は弱かった。時代の流れはこうして二人を押し流しており、そして時代の流れが二人を引き離しつつあった。

虚構の楽園

通常国会が閉会し、多くの議員が選挙区へ帰ったり海外視察に出かけたころ、ベトナムから越日親善協会幹部の訪日があった。ちょうど結成されたばかりの日越議員連盟の会長を務める白山の依頼で、土屋はベトナム人一行を接待することとなった。

一行には、ベトナム貿易商業省の高官が含まれていたことから、土屋は面識のある某商社の幹部で、かつてベトナムに在住経験のあるY常務に同席を依頼した。

一行の団長は、グエン・テイ・クワンという退役軍人で、共産党組織でかなりの地位を占める人物と言われていることを聞き込んでいた土屋は、日本側の親善協会の事務局に通訳の派遣や一行の経歴についての資料提供などを依頼した。その際、土屋は、

「一行の団長をミスター・グエンとかグエン団長などと呼んではならない。ベトナムでは通常相手の姓を呼ぶことはまずしない。名前を呼ぶ。従って、グエン氏の場合は、クワン団長と言った呼び名になる」

と忠告された。

要するに、相手の肩書で呼ぶこと。つまり団長とか、会長と言っていれば安全だなと土屋

は思った。
土屋は、照本を接待場所に選んだ。それは、日本情緒のなかで女将の接待ぶりを見せても
てなすのが、料理や余興に凝るよりも有効だろうと推測したからだった。
照本に着いたベトナム人一行と会って土屋は軽く驚いた。一行の人名簿に芸術監督、人民
英雄として記載された人物が女性だったことだ。しかし照本の女将の方は、英雄よりも人民
という言葉に反応した。
「人民というと国民とどう違うのでしょう」
小声でそう聞かれたY常務は、
「国民は国あっての民ですから、どこかの国の人ですが、人民は国を離れても人民でしょう。
無国籍の人も難民も人民には違いないということですかね」
と言って、ベトナム通の通訳の林女史の方を見て首を軽くひねった。
「分かったような、分からないような」
女将はそう呟いたが、どこか納得したような素振りを見せた。
部屋は十二畳ほどの和室で、こたつ式になって足を伸ばせたが、土屋の要請で背もたれと
脇息まで用意してあった。
それでも、アオザイ姿の芸術監督は座り心地が悪そうに見えた。女将が気を利かせて、小
さい座布団を背中の後ろに差し込むと、女性監督は小声で

「アリガトウ」

と呟いた。その声に、小鳥のさえずりに似たような可憐さが込められているのを面白く感じた照江は、女性監督の右手を両手で握って、

「女同士、人民同士」

と呟き、その通訳を聞いた女性監督は、ニコッと笑いながら頷いた。それが契機となって、一気に座が和んだ。

女将は女客がいるとは思っていなかったせいか、黒地にかなり派手な花模様のついたお召しに、金糸の縫い取りのある帯を締めていた。それを見る女性監督の目付きには、どこか羨望と侮蔑と憧憬とが入り混じったような気配があるのを、ベトナムで仕事をした経験のあるY常務は、横から斜めに見ながら何となく感じ取っていた。

一方照江は、ベトナムからのお客が料理にあまり手を付けていないことに気付いていた。

「刺身はダメだそうだ」とあらかじめ言われていたので、照本では珍しく、ホウレンソウのお浸しやゴマ豆腐、それに和風サラダなどを出したが、客たちは豆腐に手を付けた程度だった。この後の天麩羅が来れば召し上がるだろう、照江はそう思っていた。やがて、エビ、イカ、そして野菜の天麩羅の盛り合わせが出た。

「このエビはひょっとするとベトナムから来たのかもしれないいな」

半分冗談交じりのような口調で土屋が呟いた。

土屋の言葉が通訳されると、クワン団長は軽く頷いた。そして、照江が気を利かせてエビの天麩羅に軽く塩をかけると、それに箸をつけたが、どこか気が入っていない気配だった。

「天麩羅なら外人さんは皆さん喜んで召し上がるのだけれど」

照江は心配げに土屋に顔を向けて言った。

「クワン先生、そして皆さん、ご趣味は何ですか」

土屋は、照江の心配を振り払うような声で一同を見回した。

すると、清流にはねる鮎を思わせる魚を描いた画を見ていた人民英雄の女史が、口をはさんだ。

「クワン団長はテニスが好きな上、詩人でもあります。トン副団長はいろいろな石の収集家ですが、特技はボイキュウです。ボイキュウと言いますのは……」

そう言って、ボイキュウの説明が始まった。

「そもそも、ベトナムには国民文学ともいえる小説があります。ヴァンキュウです」

「ああ、それなら知っています。通訳の手間を省くため、私が説明しましょう」

Y常務が割って入った。

ヴァンキュウとは、中国清朝時代の小説をもとに、十九世紀前半にベトナムで作られた作品で、変転する運命に弄ばれる薄幸の美女の物語であるという。ベトナムでは人口に膾炙した作品で、この物語の場面を屏風にしたり、漆絵にしたりしたものも多い。

ボイキュウとは、この物語を利用した占いである。ヴァンキュウの物語を書いた書物を手にし、パラパラとめくって、好きなところを指で指す。そこの文字や文章を基にいろいろなことの占いをやるのだそうだ、と。

「たとえばです」

ここで人民英雄女史が口を入れた。

「これは私自身が経験した実話です。数年前、トン副団長が文化省の局長の時、一緒にパリのユネスコの会議に行きました。文化遺産の保護についての国際協力に関する会議でしたが、予定された日程を越えて会議が延長され、それでも決議案がまとまりません。旅費も底をつくし、また本国での仕事もあるので、ベトナムの代表団は、仕事は現地の大使館に任せて帰国しようとしました。ところが、現地の大使はたまたま不在で参事官が取り仕切っていましたが、参事官は、やはり本国の担当者がいないと不安であると主張して、私たちが現地に留まるよう強く主張しました」

そう言うと、女史は一息ついて、ちょうど出てきたすき焼き料理にちらっと目を移しつつ、言葉を継いだ。

「そこで、どうするか、つまり、帰国するかとどまるかを決めることになった時、トンさんが、ボイキュウで決めようと言い出したのです。彼は、時にはポケットにヴァンキュウの小冊子をしのばせている程のファンでしたので、すぐヴァンキュウの本をカバンから取り出すと、パラパラとめくって私にどこかのページのどこかの行を指せと言うのです。仕方がないので、本の中程で指を入れやすいところに入れて指さしました。すると、トンさんはしばらくそのあたりの文章を読んでいましたが、帰国だ、帰国だと叫びました。何故かと尋ねますと、ちょうどその所は、小説の女主人公が召使として苛め抜かれている家から脱出する部分にあたっているからだということでした」

「それで、大使館の参事官は納得したのですか」

土屋が、笑みを浮かべながら聞いた。

「ベトナム人なら、ボイキュウの占いに通じた人の占いでしたら、ホーチミン主席の命令でもなければ従うでしょう」

クワン氏が顎を撫でながら叫んだ。

ボイキュウの占いよりも共産党首脳の命令の方がやはり上だということを、それとなく日本人の前で宣言したようなものだ――土屋は、政治家の勘で内心そう思った。

「あら、皆さん料理を召し上がりませんね」

せっかく各人に取り分けたすき焼きもあまり手が付けられていないのを見て、女将は残念そうに呟いた。

「なにせ私たちは、抗仏、抗米戦争と、ジャングル、草むら、塹壕のなかで木の実や草まで食べましたので、贅沢な料理は戸惑うのですよ」

人民英雄女史はあっさりとした口調で、女将に弁解した。

その時である。照江の頭に閃いたものがあった。

ジャングルでゲリラ戦争をしていたベトナムの兵士にとって最大のご馳走は、天麩羅でもすき焼きでもあるまい。そんなものはジャングルで食べられるはずもない。ご馳走といえば、飯盒でふっくらと炊き上がった白い米の飯とみそ汁か何か鉄鍋で温めたお汁だろう。

そう思った照江は、板場へ駆けつけて、どんぶり飯を大盛にし、それになめこ汁を用意した。

鼻の汗を拭いながら、台所から座敷へ上がってきた照江は、土屋に耳打ちした。

「これは私の勘ですけど、ベトナムの方々が喜ばれる料理を出しますので、ダサい料理と言わないで我慢してください」

やがて、大きめのお椀に盛った白いご飯とみそ汁が出ると、ベトナム人の一行は目を輝かせて、ぶっかけ飯のように、ご飯と汁を一緒にかき込むように食べた。

「やはり、私たちはお米の文化で結ばれていますね」

クワン団長は箸を置いて、思いついたような口調で笑いながら言った。

通訳の林は、そんな会話を訳しながら、なぜか最近読んだベトナムの小説「虚構の楽園」の一節を思い出していた。

そこでは、いまだ貧困と戦い、戦争の傷痕に悩むベトナムの首都ハノイの街角で、通りすがりの外国人観光客の屈託のない様子を横目に見ながら、自らの日常の苦難を思いやるハノイの一市民の感慨が描かれていた。

この小説は、現在の苦難の先にバラ色の未来を約束しているかのような共産主義体制を、虚構の楽園と呼んでいるようだが、この一見豊かな日本こそ、実は虚構の楽園ではなかろうか。数年前、ベトナムのフエに滞在したことのある林は、心中、自らがシニカルになることを戒める気持ちの一方で、現在の日本にあらためて皮肉な思いを抱くのだった。

「ところで」

と、女将が心持ち甲高い声で叫んだ。

「せっかくの機会なので、そのボイ何とかという占いで、この店の運勢を占っていただけませんか。見料にお酒一瓶提供しますから」

通訳が見料をわざと英語にしてプレゼントと言ったため、トン副団長は手を大きく振ると

「ここで占いをすることは、私たちの貴方へのプレゼントです」

と声高に述べると、早速、床の間の隅に置いたカバンから、またぞろヴァンキュウの書物を取り出した。

今度は、トンは先程とは違って、自分の方でゆっくりページを順にめくるので、女将の方でストップと言って欲しい、そうしたら本を大きく開くので、指でどこかの字を指して欲しい、と言った。

トンがめくり出そうとする瞬間、第一ページで女将はストップと言い、しかも最初の行に指を置いた。

「こんなところを指す人はベトナムにはいませんね」

トンはそう言うと、軽く顔をしかめて解説調に語り出した。

「ヴァンキュウの最初は、有名な言葉で始まっています。才能と運命はお互いに嫉妬しあうというのです。すなわち才能のある者は、とかく悲運になりがちだということです。この料亭も女将の才覚で立派になったのではないですか。でもその才覚が、運命の神様の嫉妬を招いて、不運をもたらさないよう祈ります」

最後の部分は、若干柔らかな口調だったが、トンの解説は、どこか説教調を帯びていて、一瞬座が静かになった。

「もっとも、この作品は王朝時代のもので、いまは社会主義体制ですから、才能と運命が相争うことはありません」

クワン団長が、ゆったりとした口ぶりで述べた。

ベトナムをよく知る通訳の林女史とY常務は、顔を見合わせながら苦笑いした。

才能というか才覚というか、そういうものと人の命運は案外相反するところがあるのかもしれない――土屋は、政界の歴史をふと思いながら、自らに呟いた。

照江は、どこか胸をつつかれたような気分になっていた。この店も私の店というより、何か時代に引きずり回されている不思議な見世物小屋のようなものになっていくのかしら……ぼんやりとそんな気持ちが照江の胸の底に沈んでいった。

閉店通知

白山と土屋の確執は次第に表だったものとなり、それに伴って、双方とも照本へ立ち寄らなくなった。今井は県知事選に立候補するしないで多忙をきわめ、東京に来ることはほとんどなかった。

それよりも。照江は、時代の波を身にしみて感じていた。

それは、赤坂、新橋などの高級料亭がはやらなくなったことだけではなく、居酒屋風の気さくな店舗のなかに、個室を用意したり洒落た内装を施したりして、ある種の高級感を出す店が繁盛しだし、また、若年層のみならず、熟年層にまでワインバーやスペイン風バルなどが人気を得るようになったという世の風潮だった。

そして、ネズミが難破船からいち早く逃げ出すように、照本の内でも、君江や弓子は、身を固めるといって近く辞めることになり、信次もいずれ浅田の板長になるとの含みで、古巣に帰る手筈になっていた。

階下のクラブ純だけは、純子の思惑もあって賑やかだったが、それが却って照江の心を沈ませた。

そして、照江は、持ち前の気性から、この時こそと、土屋や福井に、ねだるような声で電話を掛けて勧誘するほどになっていた。また、大井や日下などの比較的若い客には、一人あたり一切合財ふくめて二万にしておくからとか、下のバーでの食事なら、ちゃんとしたものを出しても一万円で良いといったようなことまで言って勧誘した。ある日などは、午後の三時過ぎになって、

「開店以来、初めて、一人もお客さんがいないの。店の人の士気にかかわるから来てちょうだい。そのかわり、一人一万円で出血サービスするから」

と、手当たり次第電話して相手を驚かすこともするほどだった。

赤坂では、中川、千代新など有名なところまで店をたたむようになって、「照本」も随分と苦しそうだと多くの客は思いながらも、あの照江のことだから、難局もなんとか乗り切るに違いないとたかをくくっていた者がほとんどだった。

しかし、照江の心は固まっていた。何事も引き際が大切だ。能楽者の歌田が、よく呟いていたことを照江は心にとめていた。

料亭照本はそれなりの劇場だったのだ。そこは、いろいろな役者がいろいろな劇を演じたが、結局演出の中心は実は照江だった。しかし、いまや照江の演出はきかなくなった。観客、そして世間も変わりつつあったが、照江以外の役者も変わりつつあった。

長年のパトロンでもある土屋には事前に打ち明けたが、それ以外のなじみの客には突然閉

店の挨拶状を送った。

　秋も深まったころだった。大井のところにも和紙の封筒で、表書きは大井隆夫様とあり、裏には黒々と大きく、「照本」と筆で書いたように印刷された手紙が届いた。何の気なしに開けてみると閉店通知だった。

　この度、突然ではありますが、店を十一月三十日をもって閉じることになりました。二十三年に及ぶごひいきに感謝申し上げる云々に続いて、照江らしい文言があった。

「その間、いろいろな方にお会いでき、良い思い出を作らしていただきました。この思い出を私の一生の宝として、大事にしてまいりたいと思います。これから第二の人生を、心ゆたかな気持ちで送りたいと思います」

　いくら景気が悪くなったからと言っても、あまりにも突然である。それに、第二の人生などと堂々と書いているのは、何のことなのだろう。まさか、この年で結婚するわけでもあるまいし、そう思いながら、大井はとりもとりあえず照江に電話した。すぐ出て来た照江は、さばさばした声で、

「別に特別な事情があるわけじゃないんですけど、突然決心しただけなんですよ。とにかく、一遍いらしてください」

　と言う。

　ちょうど、大井の中国の昔の友人で、対外貿易部の次長をしている幹部が、日本に来るこ

とになっており、接待しなければならない予定だったので、十一月二十九日に大井は照本の席を予約した。無理すれば、最後の日に予約できないこともなかったが、三十日では、おそらく照江もおちついて話もできないだろうと思い、大井はわざと閉店の前日に予約を入れた。

その日、大井は、赤坂の白十字で菓子を買い、近くの花屋で花束をつくってもらい、歩いて照本へ行った。

大井が驚いたことに、店は客で一杯だった。本来なら四人がちょうど良い、一階の部屋に五人さん入ることになるが勘弁してほしいという。出て来た女性や、いそがしげに廊下を通っている若い女たちにも、大井が見知った顔はない。

大井はなんとなく、憮然とした気持ちになり、こんなに繁盛するのなら、店をたたむこともないじゃないか、と思いながら、部屋で中国のお客を待った。しばらくすると照江が、顔を出して、

「閉めるとなったら、お客さんがおしかけるんですから、皮肉なもんですよ」

と言いながら、床の間の絵の傾き加減をこころもちなおすと、

「また後で」

と言って去って行った。

それから二時間ほど、大井は大らかな感じの中国の次長と、通訳を介したり、英語で話したり、時には同席の日本語のできる大使館の参事官相手に、日本語で話したりしていたが、

照江はなかなか現れない。ようやく、食事の最後になって、現れた。

大井は、照江を中国人の前で、この店の持ち主であり、同時に、マネージャーであり、しかもまた、従業員と一緒に働く人でもあるから、資本家兼労働者だと言って紹介した。続けて、

「たまたま、明日でこの店も閉まるのですよ」

と大井が言うと、中国人たちは、びっくりし、盛んにどうしてこんな良い店を閉めるのかと、照江につめよった。

照江も最初は、景気がどうの、日本式料亭の人手不足だの、若い人々の好みがどうのと、通りいっぺんの説明をしたが、日本語の上手な参事官が、女将さんのような魅力があれば、繁盛しないはずはないなどと言って、照江の顔をのぞき込むと、急に真顔になって言い出した。

「もう、こういう世界はだんだん過去のものになっているんですよ。これも、一つの文化ですから。新しいものがどんどん入ってくると、隅に押しやられてしまうんですよ。中国だって同じじゃないですか」

「だんだん過去のものになっていく」というところで、照江の顔は一瞬、暗く歪んで見えた。それは、時代の流れとともに必死に生きようとし、ある時は、むしろ時代をこえて先へ行く程の気持ちを持っていた照江が、いつのまにか時代の流れについて行けなくなったことに対

する、苦々しさと憤りと、そしてある種の諦めを表しているように見えた。

「時代の流れといったって、後でまた戻ってくることだってあるんじゃないですか。一時にはむしろ時代に反逆することが、長い目で見ると、時代に沿っていることだってあるでしょう」

「反逆」という言葉に照江はかすかに身をぴくっとさせた。大井も、ぎくっとなった。それはちょうど、二、三日前、ある省の局長クラスのポストに行く話を打診されて、初めて人事当局に否と返事した時に、はからずも大井の心にうかんだ言葉だった。照江も、ましてや中国の客人は知らなかったが、大井はその前日、ある企業の研究機関の関係者に働き口がないか頼んだばかりだった。

照江は、なにか思いをふっ切るかのように、ご飯ものは何にするかと聞き、いったん部屋を出ようとした。大井はさっと次の間に滑り込み、かくしておいた菓子と花束を出した。

「お菓子は従業員の人たちのため、花は女将のため」

と大井が言うと、照江は、

「いやいや、お菓子も後で自分がたべます」

と言って、笑った。

花束を持った照江を床の間の前にすわらせて、大井は中国の局長と三人、用意して来たカメラで写真をとった。

「後で、玄関で、この花束を持って、もう一度写真をとらせてくださいね」

そう言い捨てて、照江は下がって行った。

しばらくして大井が中国の客人を送って玄関口へ来ると、照江は、

「ちょっと、上にお寄りにならない。お菓子をいっしょに食べましょう」

と大井に囁いた。

かつてのように、大井は三階の照江の寝泊まりしている日本間を通って、洋間へ案内された。照江は、まだほかの客が帰らないので、しばらく待っていてくれと言って部屋を去った。

大井は、ひとりでソファーに座ってテレビのリモコンを押した。チャネルを回してみるが、クイズかミステリーものばかりでぞっとしない。ふと、棚のなかをのぞくと、黒い、録画用のビデオテープの背面に、サインペンで、チャタレイ夫人の恋人と書いてある。

そのままテレビの下のビデオデッキにいれると、映画の途中のシーンが現れた。チャタレイ夫人が、みずからの裸体を鏡で見て、その陰り行く姿をなげいているシーンだ。日本語の字幕はもとよりなく、誰かに借りたか、もらったものなのだろう。照江らしくもない、こんなものを見るなんて、と大井は思いながらもなんとなく見続けた。やがてがらっと音がして、照江が両手に皿とフォークと紙ナプキンを持って現れた。

「まあ、何を見ていらっしゃるの。それ借り物」

そう言いながら照江は、手際よくテーブルの上に皿をきちんと二つならべると、棚の横に

おいてあったケーキの箱をとったが、思い直したように箱をそっとテーブルの隅におくと、ソファーにすわりこんで、ビデオを一緒に見ようと言い出した。

「こんなフィルムを、私みたいなおばさんが、ひとりでしんねりむっつり見ているなんて、様にならないから、この間、ちょっと見出したんだけれど、途中でやめたんですよ」

照江の声には、依然かすかにしゃがれたような調子があった。

はっと、あることが、大井の頭をかすめた。

「体は大丈夫なの。まさか、体のことが原因で店をたたむわけじゃないんだろうね」

そう大井が聞くと、照江は大きく頭をふって否定した。ヘルスクラブへ毎週三回は通っている、まだまだ元気だと、言った。

「それで、本当に第二の人生をはじめるの。一体何をやるの」

単刀直入に大井が聞くと、照江は、明るい表情ながらやや困ったように眼をあげた。

「三味線のお稽古をもういっぺんやって。それに、ヘルスクラブへ行って。それから何をするのか、なんでもしたいことをするだけ」

と、きっぱり言った。

「別荘を売ったお金で、小さなマンションを買うの。ここも、借金が相当あるけど、いろいろ算段して何とか借金は返せるって銀行の人が言ってくれてるし」

照江の声の調子には、どこかしら、これで二人は永遠に別れるのだといいきかせているような響きがあった。そのくせ、照江の表情にも、声にも、さみしさや感傷的な憂いはなかった。

「君は良いにしても、従業員の人はどうなるの。それにクラブ純は？」

大井が、思い出したように尋ねる。

「板さんは、もう行き先が決まっているし、弓子も君江も大丈夫。後は、純子だけど。クラブ純はしばらく続けるというのよ。上から人がこないとなると、売上は減るかもしれないけれど、却ってすっきりして、クラブ純を純子の店にするって言うのよ。誰かスポンサーも見つけたようだし」

「それにね」

と、照江は、急に感慨深げな口調で付け足した。

「それに、やはり、下のクラブにくるお客さんの世界は、所詮上の客とは違う世界なのよ。その違いに本当に合った店にすればよいのでしょう」

そう言った後、照江は、深い息をつくと、顔を斜めにして呟いた。

「要するに、照本には照本の世界があって。そこでこちらは、ほんとに生きがいのある人生を生きてきたと思いますよ。でも、それはそれ、これからは、本当に、第二の人生を生きたいのよ」

そういう照江は、真面目な顔付きだった。

第一の人生を本当に思いきり生きてきたからこそ、すぱっと、それを断ち切って、第二の人生を生きる勇気と力があるんだろうと大井は思ったが、そんなことを言うのは、あまりにもきざに思えて、いったん消したビデオをまた付けた。

場面が進むにつれて、照江は、時々、何と言っているのか通訳してくれと大井にせがんだ。ちょうど、チャタレイ夫人が、庭師との性的関係について自問自答し、「しかし、赤ん坊となると別だ、センセーションだ」そう言うのを大井が訳してやると、突然照江は立ち上がりながら、ビデオを消した。

「私、なんにも思い残すことはないって言ったけれど、一つだけ後悔していることがあるの。このお店には、何と言ったって、永田町だの霞ケ関のエリート中のエリートの人達が来ていたのよ。だから、そういうエリートの人の子どもを産んでおけば良かったって、いまになってつくづく思うんですよ」

「子どもだなんて、君、育てられるのかい。いや、育てられたかな」

思わず、君とよびかけたことに照江がどこまで気づいたか一瞬の不安にかられながら、大井は口をはさんだ。

照江は、なにも答えなかった。女は、出口の方にゆくと隅のスタンドの電気をつけ、天井の電気を消した。

照江は、くずれるように男の隣に座り込むと、目を閉じたまま首を少しのけぞらして、じっとしていた。シャネルの香水の香りとともに、かすかな、着物特有の、どこか湿ったような匂いがむせぶように隆夫の顔を覆った。

そして、その夜が、寺本照江と大井隆夫が会った最後となった。以来、隆夫は照江の消息を聞くことはなく、また、照江からの音信も一切なかった。

大井が、役人人生を離れて、シンクタンクに勤務するようになった時、大井は自分に、これは一体反逆なのか、それとも時代の流れより一足先に逃げ出したということなのか、と自問した。

ある日、虎ノ門の近くの新しい勤め先に向かう大井は、国会議事堂前で地下鉄を降りて、総理官邸を右手に見る坂道に入った。その角で、警官数人がデモ隊を取り囲んでいた。三十前後に見える男女が二組、安保法制整備、日米同盟強化という文字を掲げたプラカードを掲げ、その一人が小さな拡声器で、ゆっくりと何か叫んでいた。

これも時代の流れであろうか、それとも、これは、誰かの入れ知恵による、いわばやらせであって、こんなやらせが流行ることこそ、時代の流れなのであろうか、大井の思いは迷った。

照本の世界はいまや随分昔の遠い世界に思えた。

青丘　旭

外交官として、韓国、中国、インド亜大陸、英国、仏国、米国などに勤務。

退官後、文化交流、スポーツ交流関連業務に従事する一方、一橋大学大学院、立命館大学大学院、青山学院大学、早稲田大学などで教鞭をとる。

外交関係のほかフランス料理、フランス文学などについての著作あり。

赤坂女将一代記
料亭政治外交秘話

著　者　青丘　旭
発行者　伊藤玄二郎
発行所　かまくら春秋社
鎌倉市小町二─一四─七
電話〇四六七(二五)二八六四
印刷所　ケイアール
令和六年六月二十一日発行

ISBN978-4-7740-0903-2　C0095